世说新语 好好读

王颖 编著

才华篇

中国轻工业出版社

图书在版编目（CIP）数据

世说新语好好读 / 王颖编著 . -- 北京 : 中国轻工业出版社 , 2025. 8. -- ISBN 978-7-5184-4712-1

Ⅰ . I242.1

中国国家版本馆 CIP 数据核字第 2025SX9013 号

责任编辑：巴丽华　　责任终审：高惠京

整体设计：董　雪　　责任校对：朱燕春　　责任监印：张京华

出版发行：中国轻工业出版社（北京鲁谷东街 5 号，邮编：100040）

印　　刷：北京博海升彩色印刷有限公司

经　　销：各地新华书店

版　　次：2025 年 8 月第 1 版第 1 次印刷

开　　本：710 × 1000　1/16　印张：21.5

字　　数：300 千字

书　　号：ISBN 978-7-5184-4712-1　定价：99.00 元（全 3 册）

邮购电话：010-85119873

发行电话：010-85119832　010-85119912

网　　址：http://www.chlip.com.cn

Email：club@chlip.com.cn

如发现图书残缺请与我社邮购联系调换

210337E1X101ZBW

前言

魏晋时期，许多文士爱好清谈，讲究言谈容止，一些品评人物的作品就应运而生。南朝宋的刘义庆爱好文学，招纳文士组织编撰了《世说新语》。

《世说新语》是古代志人小说的代表作，记录了东汉末年到东晋的人物言行、传闻轶事。作品反映了魏晋时期的清谈风气和名士文人的心态格局，记录了许多有才华、有抱负的传奇人物。本篇选了为后世津津乐道的魏晋名人：既有令人钦佩的神童——“小时了了”的孔融、九岁就能反唇相讥的杨氏少年、面对失约的大人毫不退缩的陈元方等；也有文采飞扬的文士——“咏絮之才”的谢道韫、“七步成诗”的曹植、“掷地有声”的孙绰等；还有一语惊人的英才——“远惭荀奉倩，近愧刘真长”的王献之、“举目见日，不见长安”的司马绍、“战战兢兢，汗不敢出”的钟会等。

《世说新语》擅长通过各种细节描写，表现人物的特点。作者没有对人物的言行过多评论，而是力图保持一种外在的立场，虽然不置褒贬，却尽在不言中，如对车胤勤学好问的赞美、对晋武帝司马炎占卜国家大事的嘲讽。

作者对人物的才华没有直接夸赞，而是巧妙借助人物的“金玉良言”展示出来。如谢安问后辈子侄为什么衣食不愁还要读书上进的时候，子侄谢玄用“芝兰玉树”来回应；九岁杨氏子被孔姓友人取笑杨梅是“杨家果”的时候，反唇相讥“孔雀不是孔家的家禽”；司马昭、陈骞、陈泰用钟会父亲的名字开玩笑，却被钟会暗含典故的一句“矫然懿实，何必同群”搞得尴尬异常，心态失衡。这些有趣的内容都充分展示了《世说新语》的语言描写功底。作为国学经典图书，《世说新语》为世人留下了许多成语典故，比如“七步成诗”“小时了了”“管中窥豹”等。

作为文学小说，《世说新语》的创作中，有一些内容借助了历史人物，又有所演绎。如“汗不敢出”的故事中，钟会十三岁随父亲、哥哥觐见曹丕，而历史上钟会五岁的时候父亲就过世了。所以，我们可以将《世说新语》当作一本对历史有参考意义的文学作品，而不能把它看作史书。

义务教育教科书《语文》四年级上册收录了《王戎不取道旁李》，五年级下册收录了《杨氏之子》，分别介绍了早慧的少年王戎和杨氏之子。七年级上册收录了《咏雪》和《陈太丘与友期行》，介绍了小才女谢道韫和小才子陈元方。八年级下册的“口语交际”中，介绍了少年孔融反驳陈韪“小时了了”的故事。《世说新语》还有哪些才华横溢的人物呢？我们一起读一读吧！

目录

咏絮之才
闪亮登场

主角 **谢道韫**

品读 才女、咏絮之才

在一个寒冷的雪天，谢安将全家的儿女后辈们都聚在一起，谈论讲解文章。

雪越下越大，谢安兴致大起，他指着纷纷扬扬的大雪问子侄们：“这纷纷降落的白雪用什么来比喻呢？”谢安兄长谢据的长子谢朗答道：“可以用‘有人在空中撒盐’来比喻。”谢安不置可否，他的侄女谢道韫（yùn）则缓缓开口道：“未若柳絮因风起。”意思是，漫天大雪就好像是空中飘舞的柳絮。谢安听后赞叹不已，兴奋地大笑起来。

谢道韫，字令姜，东晋著名女诗人，是谢安哥哥谢奕的女儿，也是王羲之次子王凝之的妻子。

谢道韫是一位与汉代的班昭、蔡琰齐名的才女。《三字经》里面有这样的记载："蔡文姬，能辨琴。谢道韫，能咏吟。"作为谢氏家族的才女，谢道韫自幼受到良好的教育。谢氏家族的谢安很重视后辈教育，他十分欣赏这位小才女。

文中的这句"未若柳絮因风起"充满意境。"柳絮"写出了雪花的外形，"因风起"点出了雪花飘舞的动作，可谓动中有静，动静结合。"咏絮之才"也成为后世人们津津乐道的典故。

谢道韫不仅有着丰富的才学，还有着非常独立的性格。东晋末年，江南爆发了孙恩、卢循农民起义。谢道韫的丈夫会稽内史王凝之非但没有整军备战，反而整日闭门祭祀祈祷，希望上天可以保佑大家免遭涂炭。性子刚烈的谢道韫劝谏无果，亲自招募数百家丁日夜训练，以备不时之需。很快，孙恩大军攻下会稽城，王凝之和他的子女都相继被杀害。谢道韫手持兵器带领家中女眷奋起反抗，最终还是因为寡不敌众被俘。孙恩对谢道韫的行为非常敬佩，派人将她送回会稽。从此谢道韫在会稽隐居，专心写诗作文，有很多作品流传于世，如《泰山吟》《拟嵇中散咏松诗》等。

这漫天飘扬的雪花可以比喻成什么？
谢安
下雪就像有人在空中撒盐！
谢朗
不如说，漫天雪花就像柳絮随风起舞。
姐姐比哥哥厉害多了！
谢道韫
我这侄女思维敏捷，是谢家下一代中的人才！

故事有出处

谢太傅寒雪日内集，与儿女讲论文义。俄而雪骤，公欣然曰：“白雪纷纷何所似？”兄子胡儿①曰：“撒盐空中差可拟。”兄女②曰：“未若柳絮因风起。”公大笑乐。即公大兄无奕③女，左将军王凝之④妻也。

——《世说新语·言语第二》

小词典

①胡儿：谢朗，字长度，小名胡儿，谢安兄长谢据的长子。

②兄女：兄长的女儿，此处指谢道韫，她是谢安兄长谢奕的女儿。

③无奕：谢安兄长谢奕，字无奕。

④王凝之：字叔平，王羲之次子，东晋末年官员、书法家。

学成语

咏雪之慧

释义

咏雪花的智慧和才华。常用来称赞女子的才华。

用法

示例：小玉有咏雪之慧，更有鸿鹄之志，是同学们学习的榜样。

知识拓展

《红楼梦》中的咏絮才

古典名著《红楼梦》里，用判词对人物的结局做了隐讳的总结。第五回中，贾宝玉在太虚幻境，看到判词“可叹停机德，堪怜咏絮才”。停机德指薛宝钗有高尚的品德，这里引用了《后汉书·列女传》中的典故，乐羊子的妻子停下织机，剪断布匹，以劝勉丈夫要持之以恒。而咏絮才指林黛玉，引用的就是谢道韫用柳絮比喻雪花的典故，说明林黛玉是个不平凡的才女。

名人趣谈

对兄弟不留情面的姐姐

在谢道韫咏雪的故事中，我们看到她直接指出谢朗这位堂哥的比喻不够好，可谓毫不留情。谢道韫对自己的亲弟弟谢玄更是丝毫不给面子，她对谢玄的学习要求严格，出嫁后仍不忘督促弟弟，有一次还专门写信责备谢玄为什么没有进步，是天赋有限，还是耽误在太多的俗事中了？谢玄乖乖地写信回复解释了原因。

小孩也有幽默感

主角　杨氏之子

品读　幽默、机智、随机应变

在梁国有一户姓杨的人家，他们家有一个九岁的儿子，非常有智慧。

有一天，孔坦来到杨家拜访小孩的父亲。碰巧他的父亲外出，于是就让这个小孩出来招待客人。小孩为孔坦端出一盘水果，水果中有杨梅。

孔坦指着杨梅，对杨家小孩调侃道：“杨梅也姓杨，这是你的本家呀。”

杨家小孩听闻，马上回答道：“孔雀跟您是本家吗？”

古人十分注重礼制，晚辈要尊重长辈，魏晋时期却有很多早慧的小孩毫不客气反驳长辈的故事，成年人也并不生气。这反映了当时人们对智慧的赞扬，以及社会上对名士风度的推崇。

在面对长辈的玩笑时，杨氏之子仅有九岁，却表现得非常从容，回答得非常巧妙。一方面，他听出了孔坦话里的意思，知道这位客人的思路——由杨梅的“杨”联想到杨氏的“杨”，另一方面，他反应迅速，孔坦的话刚说完，他就立即做出了回答。

孔坦实际上是在调侃杨家的姓氏，而杨家小孩一句“未闻孔雀是夫子家禽”，用孔坦的逻辑巧妙回应，表达得非常委婉，没有咄咄逼人。风趣幽默的同时，又不失该有的礼貌，让人笑一笑，就把这事忘在脑后。

在这篇故事中，杨氏之子随机应变，其聪慧的形象跃然纸上。简短的一段对话，体现出他敏捷的思维与丰富的想象。这份解决问题的机智和能力，值得每个小朋友学习。

小朋友，你父亲在家吗？
孔坦
真不巧，父亲大人外出了。
杨氏之子
孔先生请稍坐，吃点水果。
小朋友真有礼貌。
杨梅也姓杨，这是你的本家呀！
没听说孔雀就是孔先生您的本家啊！

故事有出处

liáng guó yáng shì zǐ jiǔ suì
梁国杨氏子九岁，
shèn cōng huì kǒng jūn píng yì
甚①聪惠。孔君平②诣③
qí fù fù bú zài nǎi hū ér
其父，父不在，乃呼儿
chū wèi shè guǒ guǒ yǒu yáng
出。为设果④，果有杨
méi kǒng zhǐ yǐ shì ér yuē cǐ
梅。孔指以示儿曰：“此
shì jūn jiā guǒ ér yìng shēng dá
是君家果。”儿应声答
yuē wèi wén kǒng què shì fū zǐ
曰：“未闻⑤孔雀是夫子⑥
jiā qín
家禽。”

——《世说新语·言语第二》

小词典

①甚：很、非常。

②孔君平：孔坦，字君平，孔子后人，晋代官员。

③诣：拜访、拜见。

④为设果：为孔君平准备水果。设，摆设、布置。

⑤未闻：未曾听闻，没有听说过。

⑥夫子：古时候，对男子的尊称。

学典故

君家果

释义

在杨氏之子的故事中有“君家果”的典故，后世以“君家果”或“杨氏果”指代杨梅。杨氏之子与孔坦两人以对方的姓氏开玩笑，“君家果”也成为敏捷应对的代名词。

用法

示例：元·朱晞颜《杨梅和蒋远静来韵》：“才疏羞对君家果，还有当年捷对无？”

名人趣谈

忠君爱国的大丈夫

文中的孔坦，虽然爱说笑话调侃人，却是个心系国家的名臣。他后来病重，有一个叫庾（yǔ）冰的大臣前来探望。庾冰看到孔坦的病情严重，不由得悲从心起，流下眼泪。如此情真意切，可孔坦并不认可。等到庾冰准备离开的时候，他长叹一口气，十分感慨地说：“大丈夫将死，你不问我‘安国宁家’的方法，却做出像小儿女一样的举动。”庾冰听到之后，觉得十分羞愧，赶忙道歉，并向他讨教治国安邦的道理。

知识拓展

谥（shì）号

在古代，有些人去世之后会得到谥号。这些人一般具有较高的社会地位，他们去世后，后人会根据他们生前的事迹与活动，做出相应的评价并给出谥号。例如，故事中孔坦死后，就被追封了“简”的谥号。这是因为他做官期间德行端正，对人对事没有丝毫的懈怠，并且为人谦逊，性情平和。而谥号中含有“炀（yáng）”“厉”等字的，生前大都背弃礼义，残暴傲慢。如：隋炀帝、周厉王等。

怎样回应无礼之事

主角 陈纪

品读 诚信、言语反击

陈寔（shí）和朋友约好一起在中午外出。可是中午过后，朋友依旧没来，于是陈寔就自己先走了。等他走后，这位朋友才匆匆赶来。

陈寔的儿子陈纪（字元方），当时只有七岁，在门外玩耍。这位朋友问陈纪："你的父亲在吗？"

陈纪回答道："父亲等了您很久，看您一直没到，就走了。"

朋友恼怒地说："他真不是一个君子啊！明明和我相约同行，现在竟然丢下我先出发了。"

陈纪说："您和我父亲约定的时间是正午。您没有按时到达，这是不讲信用；对着孩子骂他的父亲，这是没有礼貌。"

这位朋友十分惭愧，就下车去拉元方的手。但元方没有理他，头也不回地进了家门。

东汉末年，陈纪以德行、学问著称于世，同时又能坚持原则、坚守节操。在这个故事中，就体现了陈纪的这一性格。陈寔遵守约定，一直在等待朋友的到来。结果朋友失约，陈寔就先走了。才七岁的陈纪同样知道，与人交往要保持真诚，不能不讲信用，因此对于父亲和客人的行为，他有自己的判断。

令人赞赏的是，作为小孩，陈纪面对成年人的无理指责，他的言谈举止自然大方，不卑不亢，他并不是简单而情绪化地反击，而是有条有理地指出了客人的失信和无礼。

故事中的陈纪，为人聪慧、机敏，又能分清是非对错，即使年幼，也可以沉着冷静地应对客人的失礼，维护父亲的尊严，难怪《后汉书》中会评价他“以至德称”。

陈寔
朋友到点没来，我先走了。
陈纪
父亲等您很久，看您一直不到，只好先走了。
你的父亲在吗？
客人
明明和我相约同行，他竟然自己先走，不是君子所为！
您没有按时到，是不讲信用；对着孩子骂他的父亲，是没有礼貌！
小朋友……是老夫一时失言……

故事有出处

chén tài qiū yǔ yǒu qī xíng qī rì zhōng guò zhōng
陈太丘①与友期行②，期日中。过中
bú zhì tài qiū shě qù qù hòu nǎi zhì yuán fāng shí
不至，太丘舍去③，去后乃至。元方④时
nián qī suì mén wài xì kè wèn yuán fāng zūn jūn zài
年七岁，门外戏。客问元方：“尊君⑤在
fǒu dá yuē dài jūn jiǔ bú zhì yǐ qù yǒu
不？”答曰：“待君久不至，已去。”友
rén biàn nù yuē fēi rén zāi yǔ rén qī xíng xiāng wěi
人便怒曰：“非人哉！与人期行，相委
ér qù yuán fāng yuē jūn yǔ jiā jūn qī rì zhōng
而去。”元方曰：“君与家君⑥期日中。
rì zhōng bú zhì zé shì wú xìn duì zǐ mà fù zé shì
日中不至，则是无信；对子骂父，则是
wú lǐ yǒu rén cán xià chē yǐn zhī yuán fāng rù mén
无礼。”友人惭，下车引之。元方入门
bú gù
不顾。

——《世说新语·方正第五》

小词典

①陈太丘：陈寔，字仲弓，东汉时期的官员，担任过太丘的长官，因此被称为“陈太丘”。
②期行：相约一起出行。期，约定。
③舍去：放弃等待，独自离开。
④元方：陈寔的长子，本名陈纪，元方是他的字。
⑤尊君：你父亲。古代用来称呼别人的父亲，以示尊敬。
⑥家君：我父亲。对自己父亲的谦称。

学成语

言而无信

释义

自己说过的话却不算数，不讲信用。

用法

一般用作谓语、定语。示例：做事情要讲究诚信，不能言而无信。

名人趣谈

颍川四长

陈寔品德高尚、为官清廉，是东汉时期“颍川四长”之一。另外三人分别是钟皓、荀淑和韩韶，这四人都是颍川（今河南禹州）人，他们虽然不是官职很高的官员，但都以德施治，关心民间疾苦，爱护百姓，因此都以仁爱忠实的品行闻名于当世。《后汉书·循吏传序》评价道，“并以仁信笃诚，使人不欺”。

“梁上君子”与“陈寔遗（wèi）盗”

有一次，有个小贼来陈寔家里偷窃，躲在屋梁上，被陈寔发现了，但他并没有喊人捉拿小贼，而是假装不知道。陈寔故意把子孙们叫到面前来教导，教育他们应该努力上进，做正直的人，千万不能走邪路，同时告诫子孙：做坏事的人并不是生来就坏，而是后来养成了坏习惯。如果一个人沾染上坏习气，只要能及时改正，就能亡羊补牢。躲在梁上的小贼受其感化，觉得羞愧，于是从梁上下来认错。陈寔劝小贼要改掉恶习，一心向善，并赠给他一些银两和丝帛。

陈寔劝诫小贼的事迹传遍整个县，县里很长一段时间都没有再发生偷窃事件。后来人们常用“梁上君子”指代小偷，用“陈寔遗盗”来比喻用善举感化犯错的人。

巧言妙对，惊艳全场

主角 孔融

品读 神童、小时了了、建安七子

孔融十岁时，随父亲来到洛阳拜访李膺（yīng）。李膺当时在朝廷中担任司隶校尉一职，前来拜访他的要么是清雅才俊，要么是名流权贵，又或者是李膺的亲戚，只有这些有身份有关系的人才会被放行。

孔融径直走到门前，对守门人说：“我是李府的亲戚。”守门人通报之后，允许他入门就座。

李膺问他：“你与我有什么亲戚关系？”

孔融答：“我的祖先仲尼（孔子，字仲尼）过去曾向您的祖先伯阳（老子，字伯阳）拜师求教过，有师徒关系，所以我们两家算是累世之交了。”

李膺与在场的宾客都称赞孔融的聪明。

太中大夫陈韪（wěi）后来也来了，人们和他提起这件事。他说:“小时了了，大未必佳(小时候聪明，长大了可不一定成大器。)”

孔融反驳道：“想必您小时候一定非常聪明。”

陈韪听了，非常尴尬。

孔融出身名门世家，作为孔子的二十世孙，他从小就聪慧过人。《三字经》中有“融四岁，能让梨”的典故。“孔融让梨”也是我们熟悉的故事。如果说，小时候“让梨”，使年幼的孔融声名鹊起，这篇“小时了了，大未必佳”的故事，则让少年孔融很快在魏晋的名士人群中有了知名度。

李膺，字元礼，东汉名士，有“天下模楷”之称，他在当时颇有名望，被认为是士人的标杆。李元礼的称赞，让孔融名声大噪。随后与朝廷大臣陈韪的对话中，伶牙俐齿的孔融更是沉着冷静，成功地利用对方的逻辑漏洞化解了尴尬，同时也展现了自己出色的应变能力和敏捷的才思。

我不是外人，是李府君的亲戚！
孔融
外人不得擅入！
妙！
咱们祖上有师生之谊！
李膺
陈韪
小时候聪明，长大可不一定成大器！
想必您小时候一定非常聪明！
踧踖
遮脸专用

故事有出处

孔文举①年十岁，随父到洛。时李元礼有盛名，为司隶校尉。诣门者，皆俊才清称②及中表亲戚③乃通。文举至门，谓吏曰：“我是李府君亲。”既通，前坐。元礼问曰：“君与仆有何亲？”对曰：“昔先君仲尼与君先人伯阳有师资之尊，是仆与君奕世④为通好也。”元礼及宾客莫不奇之。太中大夫陈韪后至，人以其语语之，韪曰：“小时了了，大未必佳。”文举曰：“想君小时，必当了了。”韪大踧踖⑤。

——《世说新语·言语第二》

小词典

①孔文举：孔融，字文举。

②清称：名誉清高之人，主要指读书人清流一派。

③中表亲戚：古称父亲一脉的亲戚关系为中，父亲一脉以外的亲戚关系为表，合称“中表亲戚”。

④奕世：累世，几世的积累。

⑤踧踖：局促不安的样子。

学成语

小时了了

释义

小时候聪明伶俐的样子。

用法

一般作为谓语。示例：即使是小时了了的神童，也不能放弃后天的努力。

知识拓展

建安七子

孔融能诗善文，是东汉末年著名的“建安七子”之一，魏文帝曹丕称其文“扬、班俦也”，把他与汉代文学家扬雄、班固相提并论。建安七子的其他成员是陈琳、王粲、徐干、阮瑀（yǔ）、应玚（yáng）、刘桢，他们和“三曹”（即曹操、曹丕、曹植）代表了东汉建安年间（196—220 年）文学的最高成就。建安七子曾生活在邺城中，又号“邺中七子”。他们对汉末的诗、赋、散文等，都有很大的贡献。

名人趣谈

忘年之交

祢衡（Mí Héng）和孔融一样，也是年少就有文采且刚直高傲的人。少年祢衡与中年孔融结为好友，二人都是很有名气的文学家，孔融是东汉末年的一代名儒、文章宗师，祢衡则有“文不加点”的美誉。晋代《文士传》记载：“祢衡有逸才，少与孔融交，时衡未满二十，而融已五十，敬衡才秀，忘年殷勤。”此处孔融年龄有误，《后汉书》记载：“衡始弱冠，而融年四十，遂与为交友。”后人用“忘年之交”形容年龄、辈分相差较大的知交好友。后来孔融因多次顶撞曹操被害，祢衡也因言语冲突被江夏太守黄祖杀害，当时的人们都为此感到十分惋惜。

要命的兄弟，救命的才华

主角 **曹植**

品读 文学天才、七步成诗、才高八斗

魏文帝曹丕曾下令让东阿王曹植在行走七步的时间内作成一首诗，如果作不出，就判他死刑。他话音刚落，曹植当即便作成一诗：“煮豆持作羹，漉菽（lù shū）以为汁。萁（qí）在釜（fǔ）下燃，豆在釜中泣。本自同根生，相煎何太急！”意思是：煮豆的时候，下面用大豆的茎叶当柴火。茎叶在下面燃烧，豆子在锅里面哭泣着说，咱们出自一个根上，你为什么要这么着急地煮熟我？魏文帝听后，脸上露出了惭愧的神色。

典故“七步成诗”的来历是一个令人悲伤的故事，曹丕和曹植乃一母所生，按说应该感情深厚，怎么会因作不出诗就要处以极刑呢？原来，曹操晚年一度为选择继承人伤透了脑筋，曹丕、曹植都曾被考虑过。曹植从小就才华出众，非常受曹操宠爱。可他恃宠而骄，不注意约束自己，后来逐渐失去曹操的欢心。曹丕文武双全，又有手段，最终继承了王位。曹丕称帝后，嫉妒弟弟曹植的才华，也因争位对他怀恨在心。后来，曹丕废汉自立，曹植闻讯后，穿上丧服为灭亡的汉朝悲哀哭泣。曹丕大怒，想找借口处罚曹植，因此有了“七步成诗”的故事。

曹丕也听出了曹植的弦外之音：这首诗明着是说豆子和豆秸，其实在暗喻兄弟之间手足相残，因此曹丕露出了惭愧之色。

曹丕谋害弟弟之事，《世说新语》还记录了一则传说。曹丕的弟弟曹彰骁勇刚强，曹丕对他十分猜忌，于是趁着二人一起下围棋、吃枣的时候，悄悄把毒枣放在曹彰面前，又事先把装水的瓶罐都毁了。曹彰吃了毒枣后中毒，卞太后找不到现成的水来救，只好光着脚急急忙忙赶到井边打水，曹彰很快就毒发身亡。后来，曹丕又要加害曹植，卞太后看出端倪，直接对他说：“你已经害死了曹彰，不能再害我的曹植了！”可见帝王家争权的无情。

七步成诗，否
则后果自负！
这难度为零。
曹丕
曹植
本是同
根生，
相煎何
太急！
你先下去，
让哥稳定一
下情绪……

故事有出处

wén dì cháng lìng dōng ē wáng qī
文帝尝令东阿王七
bù zhōng zuò shī bù chéng zhě xíng dà
步中作诗，不成者行大
fǎ yìng shēng biàn wéi shī yuē
法①。应声便为诗曰：
zhǔ dòu chí zuò gēng lù shū
“煮豆持作羹②，漉③菽④
yǐ wéi zhī qí zài fǔ xià rán
以为汁。萁在釜⑤下然⑥，
dòu zài fǔ zhōng qì běn zì tóng
豆在釜中泣。本自同
gēn shēng xiāng jiān hé tài jí
根生，相煎何太急！”
dì shēn yǒu cán sè
帝深有惭色。

——《世说新语·文学第四》

小词典

①大法：这里指处死的极刑。
②羹：有浓汁的汤。
③漉：过滤的意思。
④菽：古代豆类的总称。
⑤釜：古代的一种煮食工具。
⑥然：通“燃”，烧的意思。

学成语

七步成章

释义

七步之内就能作成诗文，形容才思敏捷。

用法

褒义词，多用来赞赏某人很有才学。

示例：亮亮从小酷爱读书，尤其喜欢读古文，现在已经达到了七步成章的境界。

知识拓展

釜

“豆在釜中泣”中的“釜”是古时的一种煮食工具。春秋时代以前，用来加热的炊具多是陶器和鼎。春秋时期出现了灶，这时和灶一起配套使用的釜也出现了。

在铁器未普及时，釜通常由陶制造。铁器普及后，釜多由铁制造，也有铜制的。釜根据需求不同，有大有小。但不管是大是小，基本上都是圆口的。

名人趣谈

鲁迅先生替豆萁“伸冤”

《七步诗》广为流传，在《三国演义》中还出现了四句的版本：“煮豆燃豆萁，豆在釜中泣，本是同根生，相煎何太急。”1924 年，北京女子师范大学的进步学生驱逐专制的校长杨荫榆，汪懋（mào）祖用《七步诗》之典故指责学生，称“今反杨者，相煎益急”。鲁迅旗帜鲜明地支持学生的行动，发表了一首《替豆萁伸冤》：“煮豆燃豆萁，萁在釜下泣。我烬（jìn）你熟了，正好办教席。”反击汪懋祖的指责，揭露了那些以办教育为名，行残害学生之实的腐朽政客。这首诗很短，但是具有极强的意义。

小孩子也能了不起

主角 王献之

品读 才智过人、后起之秀

王献之年幼的时候，曾经在一旁观看府中门客玩一种名叫樗蒲（chū pú）的游戏，即将决出胜负的时候，他说："南风不竞（南边的人要输了。）"

门客们看他是小孩子，有些轻视他，就说："你好比是管中窥豹（在竹管中看豹子），只能看到斑点，看不到全局。"王献之生气地瞪大眼睛说："我跟古人比，比不上荀奉倩；跟现在的人比，不如刘真长。难道还比不上你们吗？"说完拂袖而去。

王献之只是一个小孩子，他旁观父亲门生们所玩的游戏，忍不住说出了自己的见解，没想到被嘲笑。因此，他心中很是不服气，便拿自己和名士荀奉倩、刘真长相比，充满童趣。这也说明他对自己的才华十分自信。王献之引用的典故“南风不竞”，出自《左传》。书中记载，春秋时期，晋国和楚国将要交战，晋国的将士有些畏战，晋国的乐师师旷说：“不会有什么妨害，我吹奏过南方（楚国在晋国的南面）的音乐，他们的乐声低沉微弱、没有活力，想必楚国的军队也不会太强。”后人便用“南风不竞”来形容比赛或作战时实力较弱的一方。

王献之是王羲之的第七个儿子，他自小就稳健有才华，曾与哥哥王徽之、王操之一同前去拜访名士谢安。两位哥哥不停地谈论世事，王献之只是站在一边，默不作声。后来有人询问谢安王氏兄弟谁更优秀，谢安笑着说：“年纪最小的那个儿子最优秀。”人们询问原因，谢安回答说：“那些杰出的人才大多沉默寡言，他们兄弟三人，只有王献之不多话，不急于表现，所以知道他很不凡。”

王献之长大后，在仕途上非常顺利，在文学修养上也博采众长，诗文和书法都很优秀，是东晋后起之秀中的代表，取得了几乎可与王羲之并肩的成就，深受时人推崇。

看看他们在玩什么游戏……
王献之
南风不竞，这位大哥要小心啦！
门客
就是，小毛孩子懂什么呀！
你这是管中窥豹，胡乱说话！
我比不过荀奉倩、刘真长，还比不过你们吗？

故事有出处

wáng zǐ jìng shù suì shí
王子敬①数岁时，
cháng kàn zhū mén shēng chū pú
尝看诸门生樗蒱②，
jiàn yǒu shèng fù yīn yuē nán
见有胜负，因曰：“南
fēng bù jìng mén shēng bèi qīng
风不竞③。”门生辈轻
qí xiǎo ér nǎi yuē cǐ láng
其小儿，乃曰：“此郎
yì guǎn zhōng kuī bào shí jiàn yì
亦管中窥豹，时见一
bān zǐ jìng chēn mù yuē yuǎn
斑。”子敬瞋目曰：“远
cán xún fèng qiàn jìn kuì liú zhēn
惭荀奉倩④，近愧刘真
cháng suì fú yī ér qù
长⑤。”遂拂衣而去。

——《世说新语·方正第五》

小词典

①王子敬：王献之，字子敬，东晋官员、书法家、画家、诗人。
②樗蒱：古代一种游戏。
③南风不竞：此处指南边的人要输了。
④荀奉倩：荀粲（càn），字奉倩，曹魏大臣、著名玄学家。
⑤刘真长：刘惔（tán），字真长，东晋大臣、是当时的清谈大家。

学成语

管中窥豹

释义

从竹管的小孔里看豹子，只看到豹身上的一小块斑纹。比喻所见不全面，只见到事物的一小部分，就轻易下结论。

用法

含贬义。示例：这些人大多只是管中窥豹，他们的意见仅供参考，不必过于重视。

知识拓展

樗蒲

樗蒲又称五木、掷卢、呼卢，玩法大多是投掷五木、依照点数行棋，或直接按投掷结果决定胜负。樗蒲盛行于东汉至唐代年间，东汉文学家马融写《樗蒲赋》，认为樗蒲发源于西北。关于樗蒲，有许多有趣的故事。晋代时期，樗蒲备受欢迎，晋武帝司马炎与宠妃胡芳甚至因此发生争执，司马炎不仅伤了手指，还受到胡芳的责备。《晋书》中提到名将陶侃曾因部下误事而责骂他们，并扔掉他们的酒器和樗蒲器具，教训他们要“正其衣冠，摄其威仪”。唐开元天宝年间，樗蒲极受唐玄宗喜爱，杨国忠也因为善于樗蒲而得到重用。

门生

“门生”原指传承弟子，后来也指亲自授业的学生。魏晋时期，门生还指依附于世家豪族，可供役使的人。许多追求功名利禄的士人纷纷投靠有权有势的家族，自称门生。门生要以君臣、父子之礼待宗师，还要为主人奔走服役。这时的门生关系，并非真正的学术传承关系，只是依附关系。到了唐代科举考试，考生中进士后，对主考官也自称门生，虽有援引之意，但已不再是依附关系。

长安究竟有多遥远

主角 司马绍

品读 自幼聪慧、能言善辩

晋明帝司马绍小时候，有一次坐在父亲晋元帝的膝上。恰好有人从长安而来，晋元帝向他问起路过洛阳时的情况，听完难过得流下泪来。司马绍问父亲为何哭泣，父亲便将晋室东渡的原委告诉了他，随后问他说：“你觉得长安和太阳哪个更远呢？”司马绍回答说：“太阳远。因为只听说长安来过人，从来没有听说从太阳那里来过人，所以太阳更远。”元帝对此十分惊异。

第二天，元帝召集群臣举办宴会，说了这个答案，又重新问了一次，司马绍这次却回答说：“太阳要近一些。”元帝听闻后变了脸色，问：“为何和昨天的答案不一样啊？”司马绍回答说：“因为我抬头就能看到太阳，却望不到长安。”

晋明帝司马绍是东晋第二位皇帝，他性情温和，文韬武略，聪明又有决断。文中的这个故事反映了司马绍的机智灵活，还有更深层次的含义。第一次回答父亲的问题时，司马绍是看到父亲伤心落泪，他回答长安近，借以排解父亲的忧伤情绪。第二次在群臣聚会之中，他却回答长安远，话语间蕴含着收复失地的壮志，意在激励群臣不忘国仇家恨，不忘夺回故土。

司马绍爱好武艺，善于治理军队，安抚将士。当时江东的人才都归心于司马绍。王敦叛乱的时候，王室的军队全部溃败。司马绍想亲自率将士与叛军决战，他登上车子准备出发。时任太子中庶子的温峤担心司马绍的安危，坚决劝阻，甚至亲自抽剑斩断马套绳，司马绍这才作罢。

永昌元年（322 年），司马绍正式即位。在位期间，他励精图治，平定王敦之乱；凭借弱势的中央政权，依然成功制衡了那些权臣世家，推动社会安定发展。然而，年轻有为的司马绍登基仅三年便去世了，东晋也失去了复兴的机会。

司马睿
你从长安来，路过洛阳旧都，一路上有什么见闻？
北方人民都在期盼王师啊！
长安来人
东渡以后，长安和洛阳已经遥不可及，为父想起来就落泪！
司马绍
臣等茶饭不思，时刻不忘收复北方啊！
我只见过人从长安来，没见过从太阳来。长安比太阳要近一些。
我抬头就能看到太阳，却望不到长安！

故事有出处

jìn míng dì shù suì zuò yuán dì xī shàng yǒu rén cóng
晋明帝①数岁，坐元帝膝上。有人从
cháng ān lái yuán dì wèn luò xià xiāo xī shān rán liú tì
长安来，元帝问洛下消息，潸然流涕。
míng dì wèn hé yǐ zhì qì jù yǐ dōng dù yì gào zhī
明帝问何以致泣，具以东渡②意告之。
yīn wèn míng dì rǔ yì wèi cháng ān hé rú rì yuǎn dá
因问明帝："汝意谓长安何如日远？"答
yuē rì yuǎn bù wén rén cóng rì biān lái jū rán kě zhī
曰："日远。不闻人从日边来，居然可知。"
yuán dì yì zhī míng rì jí qún chén yàn huì gào yǐ cǐ
元帝异之。明日，集群臣宴会，告以此
yì gèng chóng wèn zhī nǎi dá yuē rì jìn yuán dì
意，更重问之。乃答曰："日近。"元帝
shī sè yuē ěr hé gù yì zuó rì zhī yán yé
失色，曰："尔何故异昨日之言邪③？"
dá yuē jǔ mù jiàn rì bú jiàn cháng ān
答曰："举目见日，不见长安。"

——《世说新语·夙（sù）惠第十二》

小词典

①晋明帝：指司马绍，字道畿。他是晋元帝司马睿的长子，也是东晋的第二位皇帝。

②东渡：西晋末年，中原地区大规模战乱不断，司马睿避乱渡江南下，大批中原士族百姓相随南逃。后西晋灭亡，司马睿在建康（今南京）建立东晋，为晋元帝。因西晋都城曾为洛阳、长安，建康的方向在这两地的东南方向，因此称"东渡"，也称"衣冠南渡"。

③邪：同"耶"，表示疑问，"呢"的意思。

学成语

日近长安远

释义

原指向往国都却不能到达。现用来表述事业不顺，理想不能实现之意。

用法

示例：曾几何时，有的海外游子对祖国有日近长安远的感觉，后来历经波折，终于回到祖国。

知识拓展

衣冠南渡

文中的“晋室东渡”又称“衣冠南渡”。西晋末年，原本在中原地区的士族为了躲避战乱，纷纷迁徙到南方的长江流域。因古代士以上的阶层都要戴冠，因此历史上用“衣冠南渡”代称这次大规模的南迁。“衣冠南渡”是中国历史上的重要事件，也是中原文化向南方大规模传播的开始。衣冠南渡后，许多北方文人到了南方，为南方文化的发展注入了新的元素。

名人趣谈

两小儿辩日

《列子》中有“两小儿辩日”的故事，可见春秋时期就有人关注太阳远近的问题了。据说，孔子看到两个小孩在路边争辩太阳什么时候离人近。一个小孩说：“太阳早上离得近，刚刚升起的太阳像车盖一样大，到了中午的时候却像个盘子那么小，这不是‘离得远看起来小，而离得近看起来大’的缘故吗？”另一个小孩则说：“不对。中午近，太阳刚出来的时候我们能感到清凉，到了中午时分却感觉非常热，这难道不是‘离得近时热，而离得远时凉’的缘故吗？”孔子一时竟然无法分辨谁是谁非。这则故事客观上赞扬了孔子“知之为知之，不知为不知”的精神。

毫不怯场的两兄弟

主角 钟毓 钟会

品读 能言善辩、知识丰富

钟毓（yù）、钟会兄弟年少时就有很高的美誉。兄弟俩十二三岁时，魏文帝听说了他们的名气，跟他们的父亲钟繇（yáo）说：“可以带你的两个孩子来见我！”

兄弟俩奉旨觐见。钟毓脸上有汗，文帝问：“你脸上为什么出汗？”钟毓答道：“我看到您战战惶惶，汗出如浆。”文帝又问钟会：“你为什么不出汗呢？”钟会答道：“我看到您战战栗栗，汗不敢出。”

钟家兄弟出身于名门望族，有机会面见皇帝。对魏文帝的问话，二人的回答坦率直爽，又充满文采、生动形象。弟弟的回答更胜一筹，不但掩饰了尴尬，而且十分幽默，让人听后忍俊不禁。

兄弟二人后来的人生道路也有很大不同。钟毓的才华比不上弟弟，但他耿直忠诚，多次对朝廷直言进谏。当时大权独揽的大将军曹爽计划伐蜀，钟毓特意上书建议暂时要采取退避措施，寻找合适的时机再进军。但曹爽听不进去，执意伐蜀，最后无功而返，劳民伤财，虚耗了很多兵力。战败之后，曹爽并没有反思自己的问题，反而责怪钟毓让他难堪，找了个机会把他贬官。后来，曹爽被杀，钟毓被召回京师，他依旧忠心耿耿，继续积极的进言献策，深受司马昭器重。

而钟会从小就有些天不怕、地不怕，后来跟随司马昭外出征战，奇谋不断，屡获大功。钟会的官越做越大，一直做到司徒的高位，但他在位高权重之后，开始居功自傲，意图反叛，最终被杀。

钟毓一直都有着十分清醒的头脑，他私下曾告诫晋文帝司马昭说："我弟弟虽然才智过人，但他政治上并不成熟，又野心勃勃，容易被人利用，酿成大祸，不可不提防。"司马昭听完后，说："如果将来真有这么一天，我只治钟会之罪，不会殃及钟氏一门。"后来钟会叛乱失败，司马昭果然赦免了钟氏家族的其他人。

钟府
你们兄弟俩今日觐见皇帝，要注意仪态，不要紧张。
钟繇
钟毓
钟会
钟繇，让你两个孩子进来吧。
遵命，陛下。
魏文帝
为何一个满头大汗，一个面不改色？
臣战战惶惶，汗出如浆。
臣战战栗栗，汗不敢出。
有趣，有趣，这兄弟俩果然聪明！

故事有出处

钟毓、钟会少有令誉[1]。年十三，魏文帝闻之，语其父钟繇[2]曰："可令二子来！"于是敕见[3]。毓面有汗，帝曰："卿面何以汗？"毓对曰："战战惶惶，汗出如浆[4]。"复问会："卿何以不汗？"对曰："战战栗栗[5]，汗不敢出。"

——《世说新语·言语第二》

小词典

①令誉：非常好的声誉。

②钟繇：钟毓、钟会的父亲，当时任相国之位。

③敕见：下令召见。敕，皇帝的命令。

④战战惶惶，汗出如浆：害怕得发抖、冷汗直冒的样子。

⑤战战栗栗：害怕得发抖。

学成语

汗不敢出

释义

本来是钟会对觐见皇帝没有出汗的解释，带有幽默的意味。后用来形容情绪很紧张或害怕，吓得连汗都不敢出来。

用法

用作状语，有时带有夸张或调侃的意味。示例：“在中国，从道士听说道，从批评家听谈文，都令人毛孔痉挛，汗不敢出。”

——鲁迅《文学和出汗》

知识拓展

“战战栗栗”的典故

“战战栗栗”出自《韩非子 · 初见秦》，“且臣闻之曰：‘战战栗栗，日慎一日，苟慎其道，天下可有。’”作者在文章中劝诫秦王“战战栗栗，一天比一天戒惧谨慎，遵循治理天下的原则和方法，就可以得到天下。”这反映了韩非对天下治理的看法。

名人趣谈

“楷书鼻祖”钟繇

钟繇不仅是曹魏太傅、三公之首，还是著名的书法家。钟繇擅长隶书、楷书等多种书体，对后世书法的发展有十分深远的影响。当时，汉字正处于从隶书到楷书演变的时期，钟繇勤于思考和学习，极大地推动了楷书的完善，被后世尊为“楷书鼻祖”。由于书法上的巨大成就，钟繇与“书圣”王羲之被并称为“钟王”。南朝书法理论家庾肩吾称赞他的书法是“上品之上”。唐代的张怀瓘《书断》评其为“神品”。唐代重要的书法学论著《法书要录》认为：“蔡邕（yōng）受于神人，而传之崔瑗及女文姬，文姬传之钟繇，钟繇传之卫夫人，卫夫人传之王羲之，王羲之传之王献之。”

进取向上的理由

主角 谢安

品读 关心后辈、眼光长远

太傅谢安问他的子侄们："我们家世显赫，你们这些子侄们又何尝要费心过问政事，为什么长辈总想培养你们成为优秀子弟？"

子侄们都不说话。车骑将军（长大后）谢玄回答说："这就好比那些华丽的芝兰玉树，总想令它们生长在自己家的庭院中啊！"

东晋名臣谢安，是一个很有家族使命感的人，他很重视对后辈子侄的培养。此文中与家族中的子侄聊天，便是在启发教导他们。谢玄把家族中的才俊比作"芝兰玉树"，这个比喻生动形象，又新颖别致。芝兰指的是芝草和兰草这样的香草，玉树则是传说中的仙树。芝兰玉树生于阶庭，比喻出众的人才出于自己家中，巧妙地说明了父母望子成龙的愿望，十分贴切。这一比喻也正和谢安的心意。

在魏晋时期，采用九品中正制拔选人才，往往只注重家庭背景，忽略真正的才德。豪门世家的子弟不用担心生计和前途问题，有不少纵情享乐、不学无术的人。谢安眼光长远，十分重视教育，因此才与家族后辈直接探讨这个问题。

谢安留意到了谢玄，想把他培养成为家族下一代的中流砥柱。谢玄也没有让他失望，很快便以善于带兵闻名。后来，北方的前秦国皇帝苻坚南下攻打东晋，朝廷需要一名能征善战的大将前往北方抵御外敌。谢安坐镇朝廷，谢玄作为前敌总指挥，叔侄俩在淝水之战中击溃苻坚，立下了不世之功。此战后，苻坚遭遇沉重打击，单骑逃回北方。谢玄率军乘胜追击，收复了北方的大片领土，成为盖世无双的将军。淝水之战大胜，谢氏家族功不可没，他们对国家的巨大贡献让陈郡谢氏的声望达到了顶峰。

谢安
孩子们，读书之前，先思考一个问题。
你们衣食无忧，为什么还要努力上进呢？
就好比芝兰玉树，总想令它们生长在自己家的庭院中啊！
说得好！好孩子，你将来必成大器！
谢玄

故事有出处

xiè tài fù wèn zhū zǐ zhí
谢太傅问诸子侄：
zǐ dì yì hé yù rén shì ér
“子弟亦何预①人事，而
zhèng yù shǐ qí jiā zhū rén mò
正②欲使其佳？”诸人莫
yǒu yán zhě chē qí dá yuē pì
有言者。车骑答曰：“譬
rú zhī lán yù shù yù shǐ qí
如芝兰玉树③，欲使其
shēng yú jiē tíng ěr
生于阶庭耳。”

——《世说新语·言语第二》

小词典

①预：参与、牵涉。

②正：一定、总要。

③芝兰玉树：比喻出众的人才。芝兰，芝草和兰草，都是散发芳香的草。玉树，传说中的仙树。

学成语

芝兰玉树

释义

像芝兰这样的香草和传说中的仙树一样。比喻有德有才的人，尤其是一个家族里面有出息的后辈子弟。

用法

褒义词，常用作宾语、定语。示例：范仲淹希望当地多一些德才兼备、芝兰玉树一般的后辈，因此经常资助贫寒子弟。

知识拓展

“王谢”家族

唐代诗人刘禹锡在《乌衣巷》中写道：“旧时王谢堂前燕，飞入寻常百姓家。”这里的“王谢”指的就是琅邪王氏和陈郡谢氏。魏晋南北朝时期，这两个家族是“顶级豪门”。

陈郡谢氏有谢安、谢玄、谢琰等名人，此外，著名诗人谢灵运开创了文学史上的山水诗派，谢赫是中国最早的绘画理论家。琅邪王氏的势力在王导的领导之下达到顶峰，百姓称之为“王与马，共天下”。意思是王家与皇室司马家族共同拥有天下。

门阀政治

晋代，“门阀政治”达到巅峰。除了皇族司马氏，重要的门阀还有琅邪（琅邪临沂，如今的山东临沂）王氏、颍川〔颍川鄢（yān）陵，如今的河南鄢陵〕庾氏、谯国（谯国龙亢，如今的安徽怀远龙亢镇）桓氏与陈郡（陈郡阳夏，如今的河南太康）谢氏。门阀政治的最大特点是看重家庭出身。出身于名门望族之中，往往仕途一帆风顺；出身小门小户的寒士，则很难跻身朝堂中枢。这种体制直到隋唐时期普选人才的科举制实施之后，才宣告结束，王家、谢家这样的世家门阀，因此而慢慢凋零。

讨教学问，从不推脱

主角 车胤

品读 勤学好问、博学多思

晋孝武帝准备在朝廷中宣讲研读《孝经》，谢安、谢石兄弟和参与讲学的众人就先在家里学习、研讨这部书。

车胤（yìn）心中有一些疑难问题想去请教谢安和谢石，他对袁宏说：“若是不问，担心漏掉他们的高论；若是问得多了，又怕太劳烦他们。”

袁宏回答说：“他们一定不会觉得厌烦。”

车胤说：“你如何知道？”

袁宏说：“你什么时候见过明镜由于照人过多而疲惫，清澈的流水害怕多次被和风吹拂？”

古人特别重视“好问”，鼓励人们遇到就是不懂的问题就要找人请教。本文中的故事很有趣。勤学好问的车胤遇到了一些疑难问题想向谢氏兄弟求教，却又不好意思。既然是研讨学问中的疑难问题，肯定不可能一两句话就说完了。如果请教的次数一多，车胤就觉得太打搅谢氏兄弟了。车胤很有礼貌，因此有顾虑，才向好友袁宏倾吐内心的惶惑：如果不问，担心错过了学习的好机会；如果没完没了地问，又怕给二谢添太多麻烦。那我问还是不问呢？

袁宏的回答很是俏皮：“你什么时候见过明镜由于照人过多而疲惫，清澈的流水害怕多次被和风吹拂？”他将谢家兄弟比为“明镜”和“清流”，相应地将车胤请教问题说成了“照镜子”和“惠风”。他用形象的比喻把复杂的问题说得一清二楚。

从本节的故事来看，袁宏随口用了两个绝妙的比喻，就打消了车胤的忧虑。从侧面反映了魏晋时期文人的活跃思想，从容应对的本领，让人叹服。“明镜不疲”的成语便来源于这个典故。

晋孝武帝
诸位爱卿，过几天我们要一起研读《孝经》。
陛下重视《孝经》，我们可要好好研读。
是啊！
袁宏
车胤
车兄是不是有问题想请教谢家兄弟？
我正纠结呢！问多了担心会给人家添麻烦！
明镜不会因照人过多而疲惫，清流不会害怕被和风吹拂。真正的名士肯定欢迎充分交流。

故事有出处

xiào wǔ jiāng jiǎng xiào jīng
孝武将讲①《孝经》，
xiè gōng xiōng dì yǔ zhū rén sī tíng jiǎng
谢公兄弟与诸人私庭②讲
xí chē wǔ zǐ nán kǔ wèn xiè
习。车武子③难苦问④谢，
wèi yuán yáng yuē bú wèn zé dé yīn
谓袁羊⑤曰：“不问则德音⑥
yǒu yí duō wèn zé zhòng láo èr xiè
有遗，多问则重劳二谢。”
yuán yuē bì wú cǐ xián chē yuē
袁曰：“必无此嫌。”车曰：
hé yǐ zhī ěr yuán yuē hé
“何以知尔？”袁曰：“何
cháng jiàn míng jìng pí yú lǚ zhào qīng liú
尝见明镜疲于屡照，清流
dàn yú huì fēng
惮⑦于惠风⑧？”

——《世说新语·言语第二》

小词典

①讲：宣讲、讨论。
②私庭：私人府邸，与皇宫相对，一般指大官的府第。
③车武子：车胤，字武子。
④难：感到为难。苦问，反复地问。
⑤袁羊：此处应该是作者的笔误，应为袁宏。
⑥德音：有益的言论，对人言辞的敬称。
⑦惮：害怕。
⑧惠风：微风、和风。

学成语

明镜不疲

释义

明亮的镜子不会因为照人过多而疲惫。比喻人不会因为过多使用了聪明才智而导致智慧受损。

用法

褒义词，常用来称赞人的智慧和学习态度。示例：这几个同学组成了一个小组，经常一起探讨问题，大家明镜不疲，相互学习的热情很高。

知识拓展

古代的镜子

为什么“镜”字是金字旁？这是因为最初的镜子是由金属材料磨制而成，尤以铜制居多。中国最早的铜镜出现于 4000 多年前，清末民初大量使用玻璃镜，铜镜才逐渐退出历史舞台。

历史悠久的铜镜也是中国的文化和历史符号。唐太宗李世民曾言：“以铜为镜，可以正衣冠；以史为镜，可以知兴替；以人为镜，可以明得失。”这句话也成为很多现代人的座右铭。镜子表面光滑、干净，因此也可引申为清晰、明亮的状态。唐代诗人杜牧在《长安秋望》中写道：“楼倚霜树外，镜天无一毫。”意指深秋的天空干净明亮，没有一丝云彩。

名人趣谈

囊萤夜读

车胤（东晋名臣）是经典故事“囊萤夜读”中的主人公。传说，车胤年少时家境非常贫寒，夜里点不起油灯。于是他就在夏夜捕捉萤火虫，将其装在白绢做成的袋子里，用来照明。他夜以继日地发奋读书，终成一代大学问家。

对占卜的无情嘲讽

主角 司马炎

品读 得位不正、心中忐忑

晋武帝司马炎刚登基为帝的时候，命人用蓍（shī）草占卜吉凶，预测帝位能够传几代，得到的结果是“一”。司马炎因此很不高兴，群臣也吓得面无人色，无人敢于劝解。

这时，侍中裴楷上前进言说：“臣听说，天得到‘一’就变得清明，地得到‘一’就变得安宁，侯王得到‘一’就能成为天下正统。”司马炎听后高兴起来，群臣都赞叹且佩服裴楷。

古代科学不发达，常用占卜的方式对事情做预言，最常见的方法是观察蓍草和火灼龟壳后的裂纹形状。然而，这种不科学的活动，所得的结论通常都是模棱两可的。所谓的预言，往往变成了随意解读的文字游戏。本文的故事，就是一个尴尬的占卜场面。

265 年，晋王司马昭猝死，长子司马炎继承了相国和晋王的位子，掌管了曹魏的军政大权。同年，司马炎迫使魏帝曹奂（huàn）“禅位”，建立晋朝，定都洛阳。这与当年曹丕篡汉自立的剧本非常相似。

司马炎登基之后，可能心里不是很踏实，于是就举行了一次占卜活动。结果可以说是赤裸裸的打脸，司马炎不高兴，幸好裴楷能搭上话，轻描淡写几句话，就将结果解读成了吉祥的意思。

虽然裴楷解读得像模像样，但大家真的相信这种占卜活动吗？事实上，《世说新语》成书的时候，司马炎开创的西晋已经灭亡了一百多年，作者写下这件事情，可能也是一种嘲讽。西晋社会混乱，国家大事不能励精图治，却用占卜这种近乎儿戏的方法预测，难怪仅历经四帝、持续 51 年，是出了名的短命王朝。

太史令，能占卜出帝位传几代吗？
晋武帝
陛下放心，臣熟悉古法占卜。
占卜者
你的占卜结果是“一”？怎么解释！
老子是这么个意思吗？那太好了！
按照《道德经》，王得到“一”能成为天下正统！
裴楷
言之有理！
不错！

故事有出处

晋武帝[1]始登阼[2]，探策[3]得"一"。王者世数，系此多少。帝既不说[4]，群臣失色，莫能有言者。侍中裴楷[5]进曰："臣闻天得一以清[6]，地得一以宁[7]，侯王得一以为天下贞[8]。"帝说，群臣叹服。

——《世说新语·言语第二》

小词典

①晋武帝：司马炎，字安世。
②登阼：登上帝位。阼，大堂前的台阶。
③策：古代用来占卜的蓍草。探策，占卜预测。
④说：通"悦"，高兴。
⑤裴楷：字叔则，西晋时名臣、名士。
⑥清：清明，晴朗。
⑦宁：安宁，安全。
⑧贞：中正，正道，正统。

学成语

惊惶失色

释义

惊慌害怕，以至于脸上失去了正常的神态，面目变色。

用法

常用作谓语、状语，用来形容人很惊恐。示例：当地居民听到爆炸声后，纷纷惊惶失色地逃离现场。

知识拓展

司马炎与“太康文学”

司马炎在位前期颇有作为，社会经济得到了快速发展，史称“太康之治”。咸宁五年（279 年），司马炎进军东吴，统一了全国，结束了三国鼎立的局面。在文学上，司马炎统治时期，中原出现了“太康文学”风潮，其代表人物是一左（左思）、二陆（陆机、陆云兄弟）、两潘（潘岳、潘尼叔侄）、三张（张载、张协、张亢兄弟）。但是，司马炎晚年作风突变，生活奢侈，卖官鬻（yù）爵，大封宗室贵族。他死后，帝位传给智商低下的司马衷，加速了西晋王朝的灭亡。

名人趣谈

王弼与《老子注》

裴楷对“一”所进行的解读源于王弼（bì）批注版的《道德经》。王弼是三国时期曹魏著名的哲学家、经学家，也是魏晋玄学的代表人物，甚至可以说他是魏晋玄学的创始人之一。他自幼聪慧过人，对《老子》有很深入的研究。他根据自己研究《老子》的心得写成了《老子注》一书，名士何晏看到后感叹：“孔子曾说后生可畏，但比起这样的人，那句话似乎有些不足了！（仲尼称后生可畏，若斯人者，可与言天人之际乎！）”《老子注》被誉为魏晋玄学的发端，它是第一部系统阐述玄学理论的著作，在玄学的发展中起了重要作用。

关系再好也别乱开玩笑

主角 钟会

品读 才思敏捷、辩才无双

晋文帝司马昭与陈骞、陈泰同乘一辆车，经过钟会府上时招呼钟会一同乘坐，但不等他准备好就立即驾车离开。等钟会出来时，车子已离开很远。

钟会赶到后，司马昭借此事嘲笑他说："和他人约定一起走，为什么迟迟没有出来？我们等待你，你出来却遥遥无期。"

钟会回答："举止端庄、诚实守信的人，为什么要跟众人合群？"

司马昭又问钟会："皋繇是什么人？"

钟会回答："向上不如尧舜，向下不如周公和孔子，但也是当时的懿德之士。"

这个故事看起来只是在斗嘴，实际上并非字面那么简单。古代对长辈的名字需要避讳，晚辈不能直呼长辈的姓名，甚至在说话时，都要尽量避开同音的字。

司马昭先是用恶作剧捉弄钟会，后来又故意提到“遥”字，与钟会的父亲钟繇的“繇”同音，很没礼貌地借这句话来取笑钟会。钟会也不是平庸之辈，既然你先无礼，那我也就不用客气。他才思敏捷，立即反驳道：“矫然懿实，何必同群？”这里面的说法也有意思。句中的“懿”字影射司马昭的父亲司马懿；“矫”和“群”则分别指陈骞与陈泰的父亲陈矫和陈群，还有个“实”字则是指陈泰的曾祖父陈寔（音实）。钟会只用了一句话，便点到了三人的四位长辈。司马昭不服气，继续提到了皋繇，点出“繇”这个字，想继续反击。但是钟会平心静气地说：“（皋繇）向上不如尧舜，向下不如周公和孔子，但也是当时的懿德之士。”话语中又提了一次司马懿的“懿”字。

其实，这几人当时的私交很好，因而才敢这样开玩笑。他们的言谈引经据典、见识不凡。从这个故事里，也能看出当时名士恣意潇洒、不拘小节的性格。只是，这样随意用长辈的姓名来玩闹，实在很不好。

快赶车，咱们让钟会追不上！
跑得真快……
钟会
我们喊你，你却让我们“遥遥无期”地等待！
司马昭
“懿德”“实力”都“矫然出众”的人，为什么一定要合“群”？
哼，那你知道与众不同的“皋繇”是什么样的人？
他上不如尧舜，下不如周公和孔子，但在当时也是“懿德”之士。

故事有出处

晋文帝①与二陈②共车，过唤钟会同载，即驶车委去。比出，已远。既至，因嘲之曰：“与人期行，何以迟迟？望卿遥遥不至。”会答曰：“矫然③懿实④，何必同群？”帝复问会：“皋繇⑤何如人？”答曰：“上不及尧、舜，下不逮周、孔，亦一时之懿士⑥。”

——《世说新语·排调第二十五》

小词典

①晋文帝：司马昭，字子上，曹魏权臣，死后被追尊为晋文帝。
②二陈：陈骞、陈泰。陈骞，字休渊，西晋开国元勋。陈泰，字玄伯，曹魏名将。
③矫然：挺拔出众、卓尔不群的样子。
④懿实：指优美的品德和诚实的品质。
⑤皋繇：即皋陶。相传是舜时掌管刑法的官员，东夷族的首领。
⑥懿士：拥有美德的人。

学成语

矫矫不群

释义

形容高超出众，不同一般。

用法

褒义词，常用作定语。示例：他器宇轩昂、矫矫不群的样子吸引了众人的目光。

知识拓展

追尊皇帝

晋文帝实际上是追尊的皇帝称号。司马昭是西晋开国皇帝司马炎的父亲，是三国曹魏时期的政治家和军事家，官居丞相，受封晋王，权倾朝野，已有代魏之势。司马昭逝世后，司马炎称帝，改国号为晋，史称西晋，追尊其父司马昭为文皇帝，庙号太祖，故后人称其为“晋文帝”。在古代王朝中，追封未掌权的先辈或没有被赐予帝号的君主为帝或太上皇的行为，称为“追尊”。除此之外，司马炎还追封自己的祖父司马懿为高祖宣皇帝，大伯司马师为世宗景皇帝。父子三人都被追尊为皇帝，实属少见。

避讳

古人为维护封建等级制度的尊严，要求人们说话或者写文章的时候，必须避免直呼君主或者尊亲的名字，而用别的字相代替。比如，东汉时期，“秀才”被改成“茂才”，就是为了避汉光武帝刘秀的名讳。蔡文姬原名“蔡昭姬”，后来为了避讳晋文帝司马昭，改成了“蔡文姬”。唐高宗李治执政后，政府机构“民部”改为“户部”，是为了避唐太宗李世民的名讳。清乾隆时期，门联中不许写“五福临门”，是要避讳清顺治帝的名字“福临”。

清淡虽雅，更需实干

主角 王羲之 谢安

品读 清谈、高世之志

右军将军王羲之与太傅谢安一起登上冶城，谢安悠闲自在地沉湎（miǎn）于遐想之中，表现出远离世俗的避世志向。

王羲之对谢安说：“夏禹为了唐尧的任务，手脚都磨起了茧子；周文王为了天下，废寝忘食。如今到处都有战事，每个人都应该主动为国效力。因空谈荒废政务，写一些不切实际的文章而耽误国事，恐怕不是当下该做的事情。”

谢安回答说：“秦国任用注重做实事的商鞅，可是秦朝却只延续了两代皇帝就灭亡了，难道这也是由清谈导致的灾祸吗？”

魏晋时期，人们崇尚清谈，喜欢聚在一起讨论哲学问题，追求一种超脱世俗的生活态度，甚至到了不切实际的程度。但也有有识之士反对这种做法，王羲之就是其中的一个。

文中的这个故事其实写出了王羲之与谢安对清谈的态度。王羲之认为清谈误国，尤其在内忧外患的东晋朝堂上，干实事远比夸夸其谈更重要；而谢安则反驳说，当年商鞅算是个干实事的人吧？可使用他变法的秦国，统一全国后建立的秦朝不到两世就灭亡了。国家兴衰与清谈有什么关系，总不能让清谈来背锅吧？

其实，从后世的角度来看，谢安这段话难免有些强词夺理。商鞅变法发生在秦孝公时期，经过这次变法，秦国一跃成为战国最强大的国家。传到秦始皇嬴政统一六国时，已经过了秦孝公、秦惠文王、秦武王、秦昭襄王、秦孝文王和秦庄襄王六世。如果加上秦始皇嬴政和秦二世胡亥，那就是八世了。商鞅变法到秦国灭亡，一共经历了接近 150 年。而东晋王朝存续的时期才百年出头，加上西晋才差不多与其扯平。毕竟，主张务实的秦国是由弱变强，而崇尚清谈的东晋却是国力越来越弱。

悠闲遐想……
我的理想是高卧东山……
谢安
王羲之
我们要学习夏禹、周文王这样的圣贤，不能因清谈而荒废政务啊！
不对吧，秦国任用实干的商鞅，两代就灭亡了，难道那也是由清谈引起的灾祸吗？

故事有出处

wáng yòu jūn yǔ xiè tài fù gòng dēng
王右军①与谢太傅②共登
yě chéng xiè yōu rán yuǎn xiǎng yǒu gāo
冶城③，谢悠然远想，有高
shì zhī zhì wáng wèi xiè yuē xià yǔ qín
世之志。王谓谢曰：“夏禹勤
wáng shǒu zú pián zhī wén wáng gàn shí
王，手足胼胝；文王旰食，
rì bù xiá jǐ jīn sì jiāo duō lěi yí
日不暇给。今四郊多垒，宜
rén rén zì xiào ér xū tán fèi wù fú
人人自效。而虚谈废务，浮
wén fáng yào kǒng fēi dāng jīn suǒ yí xiè
文妨要，恐非当今所宜。”谢
dá yuē qín rèn shāng yāng èr shì ér
答曰：“秦任商鞅④，二世而
wáng qǐ qīng yán zhì huàn yé
亡，岂清言致患邪？”

——《世说新语·言语第二》

小词典

①王右军：王羲之，字逸少，曾任右军将军。
②谢太傅：谢安，字安石，死后追赠太傅。
③冶城：古代吴国冶铸的地方，故址位于今南京。
④商鞅：战国时期杰出的法家代表人物，曾辅佐秦孝公变法，秦国因此成为最强大的诸侯国。

学成语

日不暇给

释义

形容一个人的事务非常繁忙，导致没有一点空闲。

用法

褒义词，常用作谓语、定语。示例：王教授既要写论文又要给学生上课，工作十分忙碌，日不暇给。

名人趣谈

“书圣”王羲之

王羲之可算是东晋时期最著名的文艺青年。他的起点很高，出身于魏晋名门琅邪王氏，是典型的“人生赢家”。但他并没有因此就不思进取。王羲之十二岁时，父亲传授他笔法论，他总能很快领悟，展现出卓越的书法天赋。他还跟随当时著名的女书法家卫夫人学习书法，卫夫人的书法传承自钟繇。所以，王羲之的启蒙流派源于钟繇，但他不满足于钟派，多方学习，不断拓宽视野，擅长隶、草、楷、行各体，广泛吸收他人的长处，并形成自己独特的风格，彻底摆脱了汉魏的笔风，成为一代大家，被人们尊称为“书圣”。

永和九年（353 年）农历三月初三，王羲之和谢安、孙绰、支遁等四十多位文学青年聚集在今天的浙江绍兴的兰亭举行祭祀活动，大家兴起，便相约饮酒赋诗，并将当时所作的诗词汇编成集，这就是有名的《兰亭集》。王羲之当场即兴挥毫为这本诗集作序，这就是书法历史上著名的《兰亭集序》。王羲之的《兰亭集序》草稿共 28 行、324 字，记述的是当时的盛况。这幅作品被后世历代书法家所敬仰。全文中有二十多个“之”字，每个“之”字的写法都不同。宋代著名书法家米芾（fú）称《兰亭集序》为“天下第一行书”。据说当时王羲之喝酒时醉意上头，挥毫泼墨，将自己的水平发挥到极致，后来重写时，再也写不出如此优秀的作品了。

天外有天，人外有人

主角　孙盛　刘惔

品读　学识渊博、理屈词穷

殷浩、孙盛、王濛、谢尚等擅长清谈辩论的名士，全部聚集在会稽王司马昱的府邸。殷浩和孙盛两人共同谈论孙盛创作的《易象妙于见形论》，孙盛的言论与道家思想结合在一起，气势凌云，意趣高昂。在座的人认为他所讲的并不十分妥帖，但又驳不倒他。会稽王感慨地叹息说：“假使刘惔（tán）来了，必定有办法制约孙盛。”于是派人去请刘惔，孙盛感觉自己不如刘惔。

刘惔到了之后，先让孙盛自己将之前说的道理重复一遍。孙盛大概复述了一遍，自己觉得不如之前那遍讲得好。刘惔于是说了二百多句话，言辞简明切中要害，孙盛于是理屈词穷。在座的人同时拍手大笑，赞叹了很长时间。

魏晋时期思想开放，名士常在一起辩论哲学问题。会稽王司马昱举办了一场辩论，本来兴致勃勃、口若悬河的孙盛占了上风，结果被刘惔驳的理屈词穷。这可真是“天外有天，人外有人”啊。

刘惔，字真长。他出身世家大族，很有才气。刘惔的妹妹，嫁给了东晋名臣谢安。刘惔小时候家中很贫穷，与母亲任氏寄居在京口，与蜀汉先主刘备一样以编草鞋为生。生活虽然清贫，但刘惔却安贫乐道，怡然自得。

起初没人重视这位穷小子，唯独丞相王导觉得他是个人才。后来刘惔的名气慢慢大了，有人把他比作当时的名士袁乔。刘惔听后十分高兴，回家告诉母亲任氏。母亲很有见识地说：“眼下你无法与袁乔相比，不要骄傲。”又有人拿他与东阳太守范汪比，刘惔又高兴地回家显摆，但任氏还是觉得他比不上人家。

后来，刘惔经过一番努力，终于声名远扬，人们将他比为曹魏时的玄学家荀粲（càn），就连晋明帝也将庐陵公主司马南弟嫁给他。刘惔慢慢成为永和名士的领军人物，被认为是清谈界的主力干将。

司马昱
让本王听听大家对《易象妙于见形论》的高见。
诸君听我道来：研究易理，要与道家思想结合在一起研究……
总感觉不对，又说不出来……
孙盛
去请刘惔先生来！
孙公，易象没有那么复杂。我刚才只说了二百多句话，现在该你了。
这……道理都被你说完了……
妙啊！
刘惔

故事有出处

殷中军①、孙安国②、王③、谢④能言诸贤，悉在会稽王⑤许⑥，殷与孙共论《易象妙于见形》，孙语道合，意气干云。一坐咸不安孙理，而辞不能屈。会稽王慨然叹曰：“使真长⑦来，故应有以制彼。”即迎真长，孙意己不如。真长既至，先令孙自叙本理。孙粗说己语，亦觉殊不及向。刘便作二百许语，辞难简切，孙理遂屈。一坐同时拊掌而笑，称美良久。

——《世说新语·文学第四》

小词典

①殷中军：殷浩，字渊源，东晋时期著名大臣、清谈家。
②孙安国：孙盛，字安国，东晋史学家、官员。
③王：王濛，字仲祖，东晋名士、大臣。
④谢：谢尚，字仁祖，东晋名士、将领。
⑤会稽王：司马昱，字道万，时任会稽王，后为晋简文帝。
⑥许：处所，这里指的是会稽王府。
⑦真长：刘惔，字真长，东晋大臣、著名清谈家。

学成语

理屈词穷

释义

因道理站不住脚，而无话可说。

用法

贬义词，常用作谓语、定语、状语。示例：在众多的证据面前，他终于理屈词穷，不再做无谓的辩解了。

名人趣谈

历史学家孙盛

孙盛是晋代清谈界名人，他还有另一个比较著名的身份——历史学家。他不畏强权，秉笔直书。孙盛的史书《晋阳秋》资料详细，有“良史”之称。孙盛曾担任过征西大将军桓温的参军，深受桓温青睐。他将桓温北伐时的枋（fāng）头大败如实记录在这部书中。桓温很生气，对孙盛的儿子说：“枋头就算战况失利，哪有你父亲写得那样严重？要是这段历史流传出去，你家可能要被灭门了。”孙盛的儿子们大为惊恐，跪着哭泣，请孙盛删改，但孙盛不为所动，一个字都没删，桓温最终也奈何不了他，只好不了了之。

知识拓展

易象

易象是古代研究《周易》的重要资料。易象主要通过对天、地、人、物等形状的模拟，表现出象征自然变化与人事的吉与凶、善与恶，从而推导出一些现象和结论。“易象”之名，首次出现在《左传》中。晋代经学家杜预曾给予这样的解释：“易象，上下经之象辞。”象辞指的是《象传》，是解释《周易》的卦名、卦义和爻（yáo）辞的著作。古人认为，《易经》中的卦和爻都是“象”，“象”模拟客观事物现象，包含着吉凶休咎的内容。

名作背后的故事

主角 范启

品读 口不饶人、内心欣赏

孙绰完成作品《天台赋》后，骄傲地拿给范启欣赏，说：“你试着把它扔到地上，它一定能发出悠扬的金石之音。”

范启调侃说：“恐怕你的金石之音，并不合乎音律。”话虽如此，可是范启读作品时，每当看到里面优美的句子，都会说：“这作品正该是我们这些人的水准啊。”

有些相互欣赏对方才华的知音好友，他们的交往充分体现了文人名士的幽默和个性，孙绰和范启就是这样的朋友。孙绰毫不谦虚地展示作品，范启直言不讳地表达看法，颇具魏晋风度。

孙绰是东晋名臣、文学家、书法家，也是玄言诗派（一种以阐释老庄和佛教哲理为主要内容的诗歌流派）的代表人物。他出生于会稽，自幼钟情山水，博学善文，仕途也一帆风顺。

孙绰以文才著称。晋穆帝永和九年（353 年），孙绰与王羲之、谢安、支遁等四十多位名士在兰亭举行集会，饮酒赋诗，这就是文学史著名的“兰亭集会”。孙绰在集会上赋诗两首，并被推举撰写《兰亭集诗·跋（bá）》。作为当时最顶尖的文士，殷浩、桓温、庾亮等朝廷重臣、权贵去世后，纷纷都邀请孙绰题写墓志碑文，然后刊刻在石碑上。其文誉之隆，可见一斑。

《天台赋》是孙绰在担任章安县令时所写。在游览完天台山后，他深为美景所感，写成此赋，这篇作品也是中国古代文学史上较早的山水游记，具有非凡的意义。这篇赋中，有不少神游与想象的内容，充分反映出当时文人的隐士性格，具有很高的文学造诣。

这是新写的作品吗？
范启
正是，名叫《天台赋》。
孙绰
你试着把这文章扔到地上，它一定能发出悠扬的金石之音！
恐怕你的金石之音，并不合乎音律吧！
这几句写得好，正该是我们这些人的水准啊！

故事有出处

sūn xīng gōng zuò tiān tāi
孙兴公①作《天台
fù chéng yǐ shì fàn róng qī
赋》成，以示范荣期②，
yún qīng shì zhì dì yào zuò
云："卿试掷地，要作
jīn shí shēng fàn yuē kǒng
金石声③。"范曰："恐
zǐ zhī jīn shí fēi gōng shāng zhōng
子之金石，非宫商④中
shēng rán měi zhì jiā jù zhé
声。"然每至佳句，辄
yún yīng shì wǒ bèi yǔ
云："应是我辈语。"

——《世说新语·文学第四》

小词典

①孙兴公：孙绰，字兴公，东晋大臣、文学家、书法家。
②范荣期：范启，字荣期，东晋大臣，著有文集流传于世。
③金石声：本意是指金属与石头撞击的声音，这里用来比喻文辞精妙、富有铿锵的音韵之美。
④宫商：古代音阶分为五个音级，即宫、商、角（jué）、徵（zhǐ）、羽，宫商即宫音与商音，泛指优美而合乎音律的音乐、乐曲。

学成语

掷地有声

释义

本意是掷在地上能发出声响。后来用来形容文辞优美，现在多用于形容言语铿锵有力。

用法

常用作谓语、定语。示例：在这周的班会上，小烁的发言掷地有声，气势十足。

知识拓展

玄言诗

晋代玄学盛行，诗歌也充满浓重的玄理色彩，尤其以阐释老庄学说和佛教禅理为主要内容，这种诗歌被称为玄言诗。玄言诗是东晋文坛流行的主流诗歌流派之一，孙绰是其代表性人物。除了孙绰，还有许询、庾亮等人，权臣桓温也对玄言诗情有独钟。玄言诗的特点是将玄学理念融入诗歌，内容脱离现实生活。受当时“清谈”的风气影响，大多数玄言诗“理过其辞，淡乎寡味”，文学价值并不高。

文化胜地天台山

魏晋时期的王羲之、孙绰都去过天台山，后世许多文人雅士也曾经游历过天台山，如唐代的李白、杜甫、白居易、孟浩然、王昌龄等。李白的“龙楼凤阙不肯住，飞腾直欲天台去。”王昌龄的“故人念江湖，富贵如埃尘。迹在戎府掾（yuàn），心游天台春。”都与天台山有关。宋代的苏轼、陆游、米芾、朱熹等名人也曾到访过天台山，他们留下的墨宝和诗文都是经典之作。此外，明代的徐霞客、唐寅等人也曾去过天台山，并留下诗作。那些作品都是珍贵的文化遗产。

文雅酒令 咄咄逼人

主角 桓玄 殷仲堪

品读 文雅、情商

南郡公桓玄与荆州刺史殷仲堪谈话的时候，随着话题的进行，一起玩一种语言游戏，作“了语”联句（联句与“了”同韵，同时又包含终了、结束的意思）。

顾恺之先说：“火烧平原无遗燎。”桓玄接着说：“白布缠棺竖旒旐（liú zhào）。”殷仲堪最后说：“投鱼深渊放飞鸟。”

接着他们又作“危语”联句（联句与“危”同韵，同时又描写了危险的情景）。桓玄先说：“矛头淅米剑头炊。”殷仲堪跟着说：“百岁老翁攀枯枝。”顾恺之也说：“井上辘轳卧婴儿。”当时殷仲堪有一个参军也在座，接着说：“盲人骑瞎马，夜半临深池。”殷仲堪说：“真是咄咄逼人！”这是因为殷仲堪瞎了一只眼睛，所以听后很生气。

魏晋时期的酒令比较文雅，先出一个题目，然后每个人都要用一句话来解题，而且每一句话的韵脚都要跟主题一样。“了语”和“危语”，就是他们所出的题目。“火烧平原无遗燎”“白布缠棺竖旒旐”“投鱼深渊放飞鸟”，这三句话分别表示火烧平原一无所有、白布包着棺木出殡、鱼进深潭鸟儿飞走，都表示事情终结、完了的意思，符合“了语”的题意。“矛头淅米剑头炊”“百岁老翁攀枯枝”“井上辘轳卧婴儿”“盲人骑瞎马，夜半临深池”四句话分别表示在矛尖上淘米剑锋上做饭、百岁老人爬上枯树枝、婴儿躺在井上的辘轳、盲人半夜骑着瞎马走到水池边，都用了极危险的事情为题材，符合“危语”的要求。

只是，也不知道是有意影射还是无意说错话，参军的插嘴让现场氛围有些尴尬——因为在场的殷仲堪瞎了一只眼睛。这让殷仲堪听后，非常生气。殷仲堪的眼盲是有原因的，据说他常年衣不解带侍奉患病的父亲，还学习和研究药物，一次不小心手上沾了药去擦眼泪，导致一只眼睛失明。这位参军冒昧地说出这样的话，自然是触动了殷仲堪的伤心事，如此生气也是情有可原了。

今天的酒令是什么？
桓玄
顾恺之
每个人说一句要结束了的事情。
这个容易：火烧平原无遗燎。
看我的：白布缠棺竖旒旐。
殷仲堪
我也来一个：投鱼深渊放飞鸟。
再来个描述危险的：矛头淅米剑头炊。
这才危险：百岁老翁攀枯枝。
我接一句：井上辘轳卧婴儿。
我也来说一个：盲人骑瞎马，夜半临深池。
真是咄咄逼人！
参军

故事有出处

huán nán jùn yǔ yīn jīng zhōu yǔ cì yīn gòng zuò liǎo
桓南郡①与殷荆州②语次③，因共作了
yǔ gù kǎi zhī yuē huǒ shāo píng yuán wú yí liáo
语④。顾恺之曰：“火烧平原无遗燎⑤。”
huán yuē bái bù chán guān shù liú zhào yīn yuē tóu
桓曰：“白布缠棺竖旒旐⑥。”殷曰：“投
yú shēn yuān fàng fēi niǎo cì fù zuò wēi yǔ huán yuē
鱼深渊放飞鸟。”次复作危语⑦。桓曰：
máo tóu xī mǐ jiàn tóu chuī yīn yuē bǎi suì lǎo
“矛头淅米剑头炊⑧。”殷曰：“百岁老
wēng pān kū zhī gù yuē jǐng shàng lù lu wò yīng ér
翁攀枯枝。”顾曰：“井上辘轳卧婴儿。”
yīn yǒu yì cān jūn zài zuò yún máng rén qí xiā mǎ yè
殷有一参军在坐，云：“盲人骑瞎马，夜
bàn lín shēn chí yīn yuē duō duō bī rén zhòng kān
半临深池。”殷曰：“咄咄逼人！”仲堪
miǎo mù gù yě
眇目⑨故也。

——《世说新语·排调第二十五》

小词典

①桓南郡：桓玄，字敬道，袭爵南郡公，后代晋自立。
②殷荆州：殷仲堪，东晋末年将领，曾任荆州刺史。
③语次：谈话之时。
④了语：一种文字游戏，各自说出完结、终了的事情。
⑤遗燎：余火或者剩下的火种。
⑥旒旐：招魂幡，出殡时的引路旗子。
⑦危语：也是文字游戏，说出危险的事。
⑧淅米：淘米。
⑨眇目：瞎一只眼。

学成语

咄咄逼人

释义

说话的内容或气势伤人，让人难堪、无法忍受。

用法

示例：大家讨论问题要紧扣主题，不要咄咄逼人。

知识拓展

文雅的酒令文化

行酒令是在中国古代酒桌上的一种游戏，蕴含着古代文学与民俗文化。魏晋时期，酒令文化已然深入人心，王羲之等文人曾以“曲水流觞（shāng）”的方式进行了一场文雅集会，也算是一种酒令游戏，他将众人的酒令诗收集起来编纂成集，还为此撰写了著名书法作品——《兰亭集序》。明清时期，酒令文化进入高峰期，品种也更加丰富，但凡是世间的花鸟鱼虫、词曲牌、诗文、戏剧、小说以及种种风俗、节气等都能够成为酒令的内容。《红楼梦》中提及的酒令形式就有“射覆”“占花名”“牙牌令”等。

名人趣谈

帅气有才的桓玄

桓玄自小聪明可爱，很得桓温喜欢。长大后的桓玄相貌英俊，风神疏朗，写得一手好文章，文韬武略、琴棋书画样样精通。然而，朝廷忌惮桓家的势力和野心，一直没有重用桓玄。桓玄从而感叹：“父为九州伯，儿为五湖长。”意思是说，父亲桓温曾是九州之长，我却不过是五湖的小管事，这对我来说是一种耻辱！后来，桓玄凭着过人的才能和胆识，逐渐掌控朝政。403 年，桓玄逼迫晋安帝禅位，终于登上帝位，改国号为楚，史称桓楚。

小事情也要有头脑

主角 王戎

品读 善于观察、沉着冷静

王戎七岁那一年，曾和一群孩子出去玩，发现路边的李树上结了很多果实，甚至压折了树枝，那些孩子们争抢着前去摘果子吃，只有王戎一动不动。

有人问王戎为何不去摘李子，王戎说：“这树生长在大路边，还能留存这么多果实，说明这些李子肯定是苦涩的。”

那些小伙伴一吃李子，果然很苦涩，都相信了他的话。

古代路边的果树，很可能不像果园里精心培育的果实那样美味。这样的道理，未经世事的小孩会不会懂呢？古代有一个广为人知的故事，便是本文讲的“不取道旁李”。在一起玩的小孩都纷纷去摘取路边的李子，因为这是普通小孩的本能反应。只有王戎仔细观察，善于思考，并依据外界事物作出了合理的判断，不去摘李子。有人问原因，王戎解释了自己的推理过程：生长在大路边的果实，如果好吃的话早就被人摘走了，这棵李树上还有很多李子，自然是不好吃的。

王戎在《世说新语》中是一位出镜率非常高的人物，他出身于魏晋名门望族琅邪王氏，祖父王雄，在曹魏朝堂官至幽州刺史；父亲王浑，官至凉州刺史，封贞陵亭侯。家世显赫加上天资聪明，因此王戎很小便名动天下。

据说，王戎外形俊美，双目有神，聪明勇敢。王戎六七岁的时候，曾和魏明帝一起在宣武场观看野兽表演。表演中猛兽突然大声咆哮，四周众人都被吓得四处乱窜，只有王戎站在原地，神色自如。魏明帝曹叡（ruì）看到了王戎的表现，对他非常赞赏。这个故事反映了王戎从小就很勇敢，而且有自己坚定的判断力，不会像众人一样盲目害怕笼子里的猛兽。

快看，这么多李子！
王戎
今天运气不错，好吃的送上门啦！
是啊，赶紧摘下来尝尝……
小朋友，人家都去摘李子，你怎么不去？
这棵树在大路边，还能有这么多李子没人要，肯定是苦涩的！
啊，苦死了，呸……
我摘的看起来还好，你尝尝？
不用尝了，这些李子肯定是苦的！

故事有出处

wáng róng qī suì cháng yǔ
王戎七岁，尝[1]与
zhū xiǎo ér yóu kàn dào biān lǐ shù
诸小儿游，看道边李树
duō zǐ zhé zhī zhū ér jìng zǒu
多子折枝，诸儿竞走[2]
qǔ zhī wéi róng bú dòng rén
取之，唯[3]戎不动。人
wèn zhī dá yuē shù zài dào
问之，答曰："树在道
biān ér duō zǐ cǐ bì kǔ lǐ
边而多子，此必苦李。"
qǔ zhī xìn rán
取之，信然[4]。

——《世说新语·雅量第六》

小词典

①尝：曾经。
②竞走：争抢着跑过去。
③唯：唯有、只有。
④信然：结果确实是这样的。

学成语

道边苦李

释义

路边的苦李。用来比喻被人所弃、没什么价值的人或事物。

用法

贬义词，用作主语、宾语。示例：这些内容早过时了，就如道边苦李一般，无人关注。

名人趣谈

王戎的另一面

虽然文中的王戎始终保持名士之风，但也有吝啬的一面。《世说新语》中有俭啬篇，此篇共有九条，其中四条记录着王戎的“光辉事迹”。

据说王戎的女儿嫁给裴頠（wěi）的时候，向王戎借了一些钱，很久都没有归还。女儿回娘家省亲时，王戎满脸不悦，直到收回欠款才高兴起来。侄子要结婚，王戎只送了一件单衣当成贺礼，更奇葩的是，等人家结完婚后又把这件衣服要了回来。

还有一次，王戎想将自家的好李子拿去集市卖，又怕别人得到种子自己种植，于是事先把李子的果核钻破，再拿去卖。

这些故事说明王戎对钱看得很重。《晋书》中记载王戎“性好兴利”，喜欢往家中捞钱，“广收园田水碓（duì），周遍天下。”他早年在荆州刺史任上，就曾私建园宅，并因此被罢免官职，后来又出钱把官职赎回。据说王戎经常与妻子一起拿着算筹清算家中财产，每每忙至深夜。

也有人认为，王戎自污其身，是为了乱世避祸而韬光养晦。事实上，他一生历任吏部黄门郎、散骑常侍、河东太守、荆州刺史等官职，屹立朝堂数十年。304 年，西晋政权风雨飘摇，八王之乱愈演愈烈，后来晋惠帝被叛军挟持，王戎跟随晋惠帝颠沛流离，不管情形多么危难，他都毫无惧色，始终保持名士本色，甚至亲自提刀与乱军交锋，从不退缩。

望梅止渴，稳定军心

主角 曹操

品读 足智多谋、工于心计

魏武帝曹操率领军队远行，途中找不到地方取水，全军将士都口渴难耐。于是曹操便传下命令说：“前面有一大片梅树林，里面长满了茂盛的梅子，味道甜酸可口，能够解渴。”

士兵们听了这命令，口中都流出口水。将士们因此得以坚持到前面的水源。

望梅止渴的故事发生在东汉末年，大概在曹操带兵攻打宛城张绣的途中。因为对沿途的地形不熟悉，错过了水源。古代行军打仗，后勤补给十分关键。大部队长途跋涉而缺水，士兵们怨声载道。这种情况十分危急，如果问题迟迟不解决，很容易军心不稳，甚至全军溃散。

曹操灵机一动，给大家描绘了前进的希望，让大家有了坚持的信心，最后走出了困境。

在这个故事中，曹操的形象被塑造得非常传神，难怪有人说，《世说新语》是中国最早的小说集之一，这篇小文章简直就是一篇绝好的微型小说。

《三国志注》称曹操“机变无方，略不世出”，这个故事就体现了这一点。曹操能在一瞬间就想出对策，随机应变，稳定了军心。这不仅要有极其敏捷的思维，还得有十分丰富的生活经验和联想能力。

这……
曹操
报告，附近无水，将士们顶不住了！
士兵
渴死了……
前面有梅林，梅子酸甜可口！
曹
冲啊！
终于到有水的地方了！

故事有出处

wèi wǔ xíng yì shī jí
魏武①行役，失汲②
dào sān jūn jiē kě nǎi lìng yuē
道，三军皆渴。乃令曰：
qián yǒu dà méi lín ráo zǐ gān
“前有大梅林，饶子③、甘
suān kě yǐ jiě kě shì zú wén
酸，可以解渴。”士卒闻
zhī kǒu jiē chū shuǐ chéng cǐ dé jí
之，口皆出水。乘此得及
qián yuán
前源。

——《世说新语·假谲（jué）第二十七》

小词典

①魏武：即曹操，后被追尊为魏武帝。

②汲：取水、饮水。

③饶子：果实茂盛的样子。

学成语

望梅止渴

释义

想起梅子就会流口水，从而暂时达到止渴的效果。比喻愿望很难实现，用空想或假象来安慰自己。

用法

含贬义。示例：没有脚踏实地的努力，却幻想有好的结果，这无异于望梅止渴。

名人趣谈

历史中的曹操

正史对曹操的评价大多比较正面。西晋陈寿在《三国志》中给予了曹操非常高的评价。陈寿认为，治国能力方面，曹操可以与战国时的申不害和商鞅相比；在军事能力方面，曹操可以与古时名将白起和韩信相提并论。曹操可以根据每个人的能力分配官职，而且曹操心胸广阔，不念旧恶，终成大业。陈寿认为，曹操是“非常之人，超世之杰”，即当世最杰出的人才。

文学中的曹操

在古代文学作品中，对他并不认可。那是因为古代读书人普遍具有忠君观念，他们认为曹魏篡夺了汉朝的江山。尤其是到了明代，通俗文化兴起，“尊刘抑曹”的倾向十分明显。罗贯中的《三国演义》中，曹操的形象是集奸诈、多疑、跋扈于一身的乱世枭雄，而蜀汉的刘备则是仁慈、真诚、宽厚的贤良名主，对比鲜明。

标新立异，见解独到

主角 支遁

品读 学识渊博、清谈代表

《庄子·逍遥游》这篇文章在过去很难解读，虽有不少名士贤者钻研品读，但对其义理的阐述均无法超越郭象和向秀二位大贤。支遁在白马寺里跟太常冯怀聊天时说起了《庄子·逍遥游》。在郭、向两位大家的见解之外，支遁提出了新的卓越见解，树立了不同于诸位名家的个人观点，这些都是其他学者苦苦思索却不曾想到的。后来人们就多采用支遁的见解。

支遁是东晋著名的高僧。他在京城建康时，就同名士王濛、殷融等人交好，声名鹊起。后来在余杭山隐居的时候，苦学《道行般若》等经典。二十五岁那年，支遁剃度出家，后来建立了支山寺，僧众百余人。魏晋时期，老庄的玄学极盛行，就连佛教僧侣也加入了清谈的行列，佛经也成为名士们清谈的内容之一，而支遁便是佛家清谈的代表人物。

支遁对道家经典也颇有研究，他对清谈家最推崇的典籍《庄子》有独到的见释，本文中的故事便与此有关。支遁对《庄子》中的《逍遥游》提出了很多新的见解。比如有人曾提出“随心所欲就是逍遥”这样的观点。支道林反驳说：“不对。夏朝最后一个暴君桀（jié）以及春秋时代的大盗柳下跖（zhí）便是随心所欲残害生灵的人。若说随心所欲便是逍遥，那岂不是夏桀、柳下跖也算逍遥之人了？”

支遁曾专门著书解析《逍遥游》，后人多采用支遁的观点，连当时的名士谢安、王羲之都为之惊叹。名士郗超曾问谢安：“支遁这人在清谈上的造诣与嵇（jī）康相比谁更厉害？”谢安回答说：“嵇康需要不断努力，才能望其项背。”郗超又问：“那清谈名家殷浩与支遁相比谁更厉害？”谢安回答说：“从辩论技巧来说，殷浩要胜过支遁；但从观点和风度上来说，支遁要超过殷浩许多了。”

看来对《逍遥游》解释，郭象和向秀很难被超越。
我认为“适性”就是逍遥。
不对。夏桀、柳下跖二人“适性”，却残害生灵，难道也是逍遥吗？
其实关于《逍遥游》，我有一些新解……
支遁
您的见解新颖！
冯怀
另辟蹊径，令人佩服！
支公对《逍遥游》的见解更值得学习！

庄子《逍遥篇》，旧是难处，诸名贤所可钻味，而不能拔理于郭、向之外。支道林①在白马寺中，将冯太常②共语，因及《逍遥》。支卓然标新理于二家之表，立异义于众贤之外，皆是诸名贤寻味之所不得。后遂用支理。

——《世说新语·文学第四》

小词典

①支道林：支遁，字道林，人称支公，也称林公，东晋著名高僧、佛学家、文学家。

②冯太常：冯怀，字祖思，晋代著名官员。

学成语

标新立异

释义

提出特别的、与众不同的新见解。可以用来赞赏人的才学，也可以用来反讽。

用法

多用作谓语、定语。示例：工作中虽然不能墨守成规，但也不一定非要标新立异。

知识拓展

白马寺

文中提到的白马寺，是佛教传入中国后的第一所寺院。相传在永平十年（67 年），蔡愔（yīn）等人去西域求取经书，用白马驮回。第二年，汉明帝敕命在洛阳城西的雍门外，按天竺式样建寺，命名白马寺。白马寺建成后，很多中外僧侣都曾经来这里览经求法。

名人趣谈

爱养动物的支遁

支遁爱养动物。据说，有人送给他五十两黄金和一匹骏马。支遁很开心，他将黄金分送给众人，而把马留下来饲养。世人不解，问他：黄金可以用来买东西，用得好的话甚至可以生利，而马却要吃草料，劳心劳力。很明显养马是一件亏钱事，为什么不留下黄金，卖掉马匹？也有人说和尚养马不够风雅。支遁却笑着说：“我更爱这匹马的神骏啊！”唐代著名画家韩干创作的《神骏图》，其中描绘的便是支遁爱马的场面。支遁还喜欢养鹤，有人曾送给他一对小鹤，支遁剪短了它们的翅膀。鹤长大后，高举翅膀却无法飞翔，便回头看着自己的翅膀，仿佛垂头丧气。支遁目睹这一幕，说：“既然你们有直冲云霄的资质，又怎肯给人当作就近观赏的玩物呢！”于是将其喂养到翅膀长好，就放飞了它们。

我有一个好榜样

主角 孙潜 孙放

品读 见贤思齐、榜样

孙潜、孙放兄弟俩小时候去拜见名士庾亮。

庾亮问哥哥孙潜取了什么字，哥哥回答说：“字齐由。”庾亮又问：“你向谁看齐呢？”哥哥说：“向许由看齐。”

庾亮又问弟弟孙放的字是什么，弟弟回答说：“字齐庄。”庾亮又问：“你向谁看齐？”弟弟说：“向庄周看齐。”庾亮问他：“为什么不仰慕孔子而仰慕庄周？”弟弟回答说：“圣人生来就懂得一切道理，我实在难以仰慕。”

庾亮非常喜欢弟弟的回答。

古人在名字之外，还有字，又叫表字，一般用来表示本名的意义或个人的德行、志向和文化修养。庾亮是当时的朝廷重臣，向孙潜、孙放问话时神情严肃，表现得十分威严。但面对他的提问，兄弟俩都没有畏惧的神色，而是举止得体，不慌不忙地做出回应。兄弟二人不仅解释了自己表字的由来，还向庾亮说明了各自的志向。流畅自然的语言表达，以及博学多识的形象，都给庾亮留下了深刻的印象。

在这个故事中，弟弟孙放的形象十分突出。面对庾亮角度刁钻的提问，既不能言不由衷，又不能对先贤孔子、庄周妄作"捧一踩一"的随意评价，这实在是"灵魂拷问"的难题。孙放用谦虚谨慎的态度，给出了自己的答案："圣人生知，故难企慕"，这句话给人很大的启发。孙放认为孔子是圣人、生而知之，境界太高了，自己难以企及，这是一种夸张的说法。这些话从一个小孩子嘴里说出来，既诚恳地表明了自己对先贤的尊重，又巧妙回答了问题。孙放拥有丰富的见识，心智也较为成熟，对自身的实力有明确的认知，说话、做事都十分严谨。

庾亮
拜见庾公。
你们兄弟俩的字里面都带“齐”字，我要考考你们。
哥哥齐由是要向许由看齐，弟弟齐庄是要向庄子看齐，为什么不向孔子看齐呢？
孙潜
孙放
我字齐庄，是要向庄子看齐！
并非不向孔子看齐，而是因为圣人生而知之，我难以企及啊！
说得好，你的回答很不错！

故事有出处

sūn qí yóu qí zhuāng èr rén xiǎo
孙齐由①、齐庄②二人小
shí yì yǔ gōng gōng wèn qí yóu hé zì
时诣庾公③。公问齐由何字，
dá yuē zì qí yóu gōng yuē yù
答曰：“字齐由。”公曰：“欲
hé qí yé yuē qí xǔ yóu
何齐邪？”曰：“齐许由④。”
qí zhuāng hé zì dá yuē zì qí zhuāng
齐庄何字，答曰：“字齐庄。”
gōng yuē yù hé qí yuē qí
公曰：“欲何齐？”曰：“齐
zhuāng zhōu gōng yuē hé bú mù zhòng
庄周⑤。”公曰：“何不慕仲
ní ér mù zhuāng zhōu duì yuē shèng
尼⑥而慕庄周？”对曰：“圣
rén shēng zhī gù nán qǐ mù yǔ gōng dà
人生知，故难企慕。”庾公大
xǐ xiǎo ér duì
喜小儿对。

——《世说新语·言语第二》

小词典

①孙齐由：孙潜，字齐由，曾任豫章太守。
②孙齐庄：孙放，字齐庄，东晋学者。
③庾公：庾亮，字元规，东晋时期的名臣、名士。
④许由：生活在上古时期，为人高尚清节。相传尧帝要将帝位让给他，他没有接受。
⑤庄周：庄子，名周，战国思想家。
⑥仲尼：孔子，名丘，字仲尼，春秋时期著名的思想家、教育家。

学成语

见贤思齐

释义

看到品德高尚、才华横溢的人，就想向他看齐。

用法

含褒义。示例：见贤思齐，学习他人的长处，这是一个良好的习惯。

名人趣谈

玉树埋尘

东晋时期，真正的政权掌握在四个显赫的家族手中，也就是“王庾桓谢”。本文中的庾亮，就出自其中的颍（yǐng）川庾氏。他长相俊美，身居高位，受到许多人的推崇。他在晚年，因为自己的偏见和失误，导致北伐失败，邾（Zhū）城失守。此后，他心中忧闷不已，终日自责，不久就去世了。当时有个大臣叫何充，在庾亮快要下葬之时，感慨说：“埋玉树著土中，使人情何能已已！”

映雪夜读

文章中孙放的孙子叫孙康。相传，孙康小时候非常热爱读书，但是家里贫困，没有钱购买灯油，因此到了晚上就没有办法学习。有一年冬天，下了一场大雪，他发现雪光十分明亮，借此可以看清书籍上的内容。于是，他就在雪地上继续学习。这个映雪夜读的故事在后世广为流传，孙康也被看作励志的典范。

善用比喻 巧妙赞美

主角：陈寔 陈谌

品读：机智、谦虚

有个客人问陈谌（chén）：“您的父亲陈太丘有什么功德，他为何获得誉满天下的名声？”

陈谌回答道：“我的父亲就像是那生长在泰山一角的桂树，上有万丈高的山峰，下有无法测量的深渊；上受甘露的恩泽，下被渊泉所滋润。在这种情况下，桂树又怎能知道泰山有多么高，渊泉有多么深啊！我不知道父亲他有没有功德啊！”

古代十分注重孝道，儿女要尊敬、维护父母。如果有人公开对自己的父亲提出疑问，该怎么回答呢？

陈太丘，即陈寔（shí），东汉名士。他仁慈宽厚，为官清明，向来受人尊敬。不过，也有人对他的功德和名声提出了疑问，而且，问话的对象还是他的儿子陈谌。儿子评价父亲，评价太高了难免给人不够谦逊的感觉，评价低了又不够尊重，这个问题实在不好回答。

陈谌，字季方，聪慧过人，在面对客人的问题时，他反应迅速，思维缜密，巧妙地避开了问题里的陷阱，做出了完美的回答。陈谌通过类比举例，将自己的父亲比作一棵桂树，通过说明桂树不知道在其上有万丈的高山，在下有不测的深渊；上受甘露的恩泽，下被渊泉所滋润的情况，表明了父亲的修养之深。他没有直接议论父亲的功过，寥寥数语，就将父亲深厚的修养、高洁的品质凸显了出来。

在陈谌和客人的对话中，可以看出他才学过人，对于自己的父亲并没有采用直白的夸赞，而是在巧妙的隐喻中，将自己父亲伟岸的形象给展现出来。陈谌的随机应变，让人无言辩驳；智慧过人，令人赞叹。

客人
陈谌
您父亲陈太丘有什么功德而誉满天下？
父亲就像泰山上的桂花树，上受甘露的恩泽，下被渊泉所滋润。
人们都赞美我父亲的品行，其实桂树不知道泰山之高，渊泉之深啊！
陈寔
你们不要争了，本官来为你们化解矛盾。

故事有出处

客有问陈季方①："足下家君太丘②有何功德而荷③天下重名？"季方曰："吾家君譬如桂树生泰山之阿④，上有万仞⑤之高，下有不测之深；上为甘露所沾，下为渊泉所润。当斯之时，桂树焉知泰山之高，渊泉之深！不知有功德与无也！"

——《世说新语·德行第一》

小词典

①陈季方：陈谌，字季方，陈寔的儿子。

②太丘：陈寔，曾任太丘长，故被称为陈太丘。

③荷（hè）：承蒙，承受。

④阿（ē）：凹曲处，这里指山的一角。

⑤仞：长度单位。

学成语

深不可测

释义

深得无法测量出来。形容非常深远，难以测知，比喻对事物的情况捉摸不透。

用法

含褒义。示例：他一出场就自带了深不可测的神秘感。

知识拓展

中国传统常用敬辞

在中国传统的日常交流和书信往来中，人们常常用到敬辞。如本文的“足下”一词，就是下称上或同辈相称的敬辞，可以翻译为“您”。称呼对方亲属的敬辞有很多，如下。

令尊：称对方的父亲。

令堂：称对方的母亲。

令媛（爱）：称对方的女儿。

令郎：称对方的儿子。

令亲：称对方的亲戚。

名人趣谈

难兄难弟

在本文中提到的陈寔，共有六个儿子，其中老大陈纪和老四陈谌才华出众。一天，陈纪和陈谌的儿子谈论到父亲的功德时，争论了起来，于是就找爷爷陈寔来评理。陈寔很了解自己的两个儿子，于是说：“元方（陈纪）难为兄，季方（陈谌）难为弟。”也就是说，两兄弟都才德出众，难分高下。

后来陈寔的这句话被浓缩成了“难兄难弟”一词，用来指共患难或处于同样困难境地的人。

比一比谁更有风度

主角　王广　诸葛诞之女

品读　风度、女中豪杰

王广娶了诸葛诞的女儿，进入婚房后，二人开始交谈，王广对妻子说：“你的神色气质也太卑微低下了，一点都不像你的父亲诸葛诞。”

妻子回答道：“你一个大丈夫都比不过你的父亲王凌，又何必让我一个妇道人家和英雄豪杰比肩！”

诸葛诞和王凌都是三国曹魏政权的显贵，在历史上两人都是坚守节操道义、忠于国家的大臣，不仅门当户对，而且政治立场相同，所以成为儿女亲家也在情理之中。王广和妻子二人新婚之夜交谈，本应充满了浓情蜜意，谁承想一番交谈下来，王广却报怨起妻子来，认为妻子不如她的父亲。

封建时代男尊女卑的风气盛行，女人要求讲究“三从四德”：未出嫁的女性在家中以父兄为大，出嫁后的女性则以丈夫为大，事事顺从家中的男性，不可出言顶撞。这位新娘却不一般，面对丈夫的抱怨，她并没有忍气吞声，而是直言不讳地进行反击。王广的妻子对丈夫的直接反驳，不仅表现了她的自尊和自重，也在言语中激励了丈夫，让他像父辈一样建功立业，有所作为。

故事中的新娘虽处在男尊女卑的封建时代，但能保持清醒的头脑，有主见，有胆识。面对男性的权威，面对丈夫的批评与轻视，她没有逆来顺受，而是利用自己的聪明才智成功应对。看似抬高了丈夫，称其为大丈夫，也看似强调自己身为妇道人家的无知无能，实则言语间充满了不卑不亢，还将自己父亲的英杰形象再次彰显。可见其机智与聪慧，真是一位奇女了啊！

诸葛诞之女
王广
夫人，你的气质不佳，不像令尊诸葛诞先生啊！
诸葛诞
你一个大丈夫都比不上你的父亲王凌将军，又何必让我和英雄豪杰相比！
王凌

wáng gōng yuān qǔ zhū gě dàn
王公渊[1]娶诸葛诞[2]
nǚ rù shì yán yǔ shǐ jiāo
女，入室，言语始交，
wáng wèi fù yuē xīn fù shén sè bēi
王谓妇曰："新妇神色卑
xià shū bú sì gōng xiū fù
下，殊不似公休。"妇
yuē dà zhàng fū bù néng fǎng fú
曰："大丈夫不能仿佛
yàn yún ér lìng fù rén bǐ zōng
彦云[3]，而令妇人比踪[4]
yīng jié
英杰！"

——《世说新语·贤媛第十九》

小词典

①王公渊：王广，字公渊，太尉王凌的儿子。
②诸葛诞：字公休，诸葛亮的族弟，三国时期魏国的将领。
③彦云：王凌，字彦云，王广的父亲。
④比踪：相比。

学成语

巾帼英雄

释义

指女子中的英雄。巾帼，本意是指古代妇女佩戴的头巾和发饰，后用来借指女性。

用法

含褒义，用作主语、宾语。示例：花木兰、穆桂英都是巾帼英雄，她们的精神值得我们学习。

知识拓展

《世说新语》里的奇女子

《世说新语》中的女性不太受封建礼教的束缚，这是十分可贵的。才女谢道韫从小就才华横溢，有咏絮之才，力压堂兄弟；长大后看到丈夫王凝之愚昧，感叹说：“不意天壤之中，乃有王郎！”大臣许允被抓，其妻子镇定自若劝诫他见到皇帝以后用道理说服他，不要跟皇帝谈感情。许允照做，果然被释放了。名臣陶侃初做官时送给母亲腌鱼，母亲退回来，还写信要求他公私分明，陶侃深受影响。

名人趣谈

生死与共

王广夫妻在新婚当天就唇枪舌剑，互不相让。王广是一个风度、气量、才能、学问俱佳的青年，对妻子要求很高，一见新娘的外貌气质，觉得很不满意，因此情绪不大好，言语中有挖苦讽刺的意思。而新娘虽无倾国倾城的外貌，但有过人的聪慧机敏，在新郎面前并不逆来顺受。

王广领教了妻子的厉害，没有继续与妻子交锋，而且在以后的接触中，渐渐对妻子十分欣赏。两人相互赏识、相互体贴，丈夫欣赏妻子的才华智慧，妻子与丈夫命运与共。后来王凌（王广父亲）在反对司马懿的斗争中失败自杀，祸及全家时，王广的妻子陪同他共同赴难。

世说新语 好好读

王颖 编著

品行篇

中国轻工业出版社

前言

作为优秀的古代文学经典，《世说新语》塑造了众多个性突出的人物角色。东汉末年到魏晋南北朝时期虽是中国历史上著名的乱世，但涌现出许多高风亮节、勤学奋进的名士。后世劝人勤学的励志成语典故，“囊萤映雪”“闻鸡起舞”等故事的主角都生活在这个时期，还有浪子回头、为国捐躯的英雄周处；礼贤下士、提携人才的陈蕃；忠诚正直、急赴国难的钟雅；义薄云天、情义无双的荀巨伯；气度过人、喜怒不形于色的谢安；德行能与颜回相提并论的羊祜，等等。

《世说新语》的文学价值极高，作者擅长利用有限的篇幅，将人物的性格特点完美地展现出来。如周处的故事，从年少时“凶强侠气，为乡里所患”一直写到其改过自新“终为忠臣孝子”，仅用了两百多字。其间经历了杀虎斩蛟、自寻二陆等故事，一波三折，无论人物形象还是故事情节都很完整，矛盾冲突鲜明，已经具备了小说体裁的诸多要素。

《世说新语》的分类，前四章“德行”“言语”“政事”“文学”，与《论语》中孔子评价自己得意门生“孔门十哲”的划分办法类似。其中“德行”名列第一，作者不吝笔墨去记录那些“德行高洁”的名士言行，对他们的善行进行表彰，使其流传后世。比如《德行》篇当中，荀巨伯去看望朋友，被入侵的胡人围困，他不愿放弃生病的朋友独自逃生，这种行为感动了入侵的敌人，感叹“我辈无义之人，而入有义之国”，主动撤军。荀巨伯的故事至今仍被人们津津乐道。

《世说新语》相较于其他文言文著作，其内容更有可读性，许多章节都是人物传记类的小故事，文章篇幅短小，浅显易懂，非常适合初学者阅读、体会。

作为文学小说，《世说新语》的创作中，有一些内容借助了历史人物，又有所演绎。如周处“浪子回头”的故事中，普通人居然可以杀虎斩蛟，而且历史上的周处比陆云大二十多岁，周处向陆云请教人生道理的情节不大可能发生，这些都是小说家言。所以，我们可以将《世说新语》当作一本对历史有参考意义的文学作品，而不能把它看作史书。

普通高中教科书《语文》中，提到了“谢公与人围棋……”的故事，介绍了喜怒不形于色的政治家谢安。本篇节选了更多《世说新语》中记录人物品行的故事，力求以最简洁的方式将这本志人小说集的面貌展现给读者，一起来读一读吧！

目录

礼贤下士 当世典范

主角 陈蕃

品读 礼敬贤士 刚正不阿

陈蕃的言谈是读书人的榜样，行为举止是当世人的典范。他为官赴任时，有整治社会弊端、匡正天下的志向。

陈蕃被任命为豫章太守时，刚到任，便询问名士徐稚（zhì）的住处，想要先去拜访他。

主簿禀告说："大家都希望你先进官署。"

陈蕃说："从前周武王刚取得天下，就怀着敬意乘车到贤者商容的家中拜访，忙得连席子都来不及坐暖。我学习他礼敬贤士，这有什么不可以呢？"

陈蕃在东汉末年官至太傅，是朝廷重臣。当时宦官专权，朝政腐败，官员们搜刮民财，中饱私囊，而陈蕃做官刚正不阿，洁身自好，礼贤下士。在这个故事里我们可以看出，陈蕃做官态度十分端正，丝毫不因为自己当官而高傲，而是虚心与贤德的人交往。

陈蕃做官清廉，刚正不阿，因为上疏得罪了汉桓帝的近臣，才被外放为豫章太守。他新上任时先不去官府，而是直接去贤士徐稚家拜访。根据史书记载，陈蕃请徐稚担任功曹的职位。陈蕃在郡里举止方正严肃，从不接待闲杂宾客，只有徐稚来时，特别设置一个榻，等徐稚走了就收起来不用。这就是“下榻”的典故。

陈蕃与窦武、刘淑有“三君”的美称，即东汉三位受人敬仰的名士。陈蕃不畏强权，经常与弄权的外戚、宦官做斗争，因此屡次被罢免贬官。汉灵帝在位时，陈蕃带领手下官员和太学生，与大将军窦武共同谋划翦（jiǎn）除宦官，然而最终事情败露，陈蕃被捕入狱，被奸佞所害，当时的正义之士无不扼腕叹息。

陈蕃
我要去豫章做太守，你们在家读书，不要挂念。
徐稚住在哪里？我要去拜访他！
主簿
大人刚下马车太劳累了，还是先进官署吧。
我要学习周武王礼贤下士的精神，官署什么时候去都不晚！
大人礼敬贤士，令人钦佩！

故事有出处

chén zhòng jǔ yán wéi shì zé
陈仲举①言为士则，
xíng wéi shì fàn dēng chē lǎn pèi
行为世范。登车揽辔②，
yǒu chéng qīng tiān xià zhī zhì wéi yù zhāng
有澄清天下之志。为豫章
tài shǒu zhì biàn wèn xú rú zǐ
太守，至，便问徐孺子③
suǒ zài yù xiān kàn zhī zhǔ bù
所在，欲先看之。主簿④
bái qún qíng yù fǔ jūn xiān rù
白：“群情欲府君⑤先入
xiè chén yuē wǔ wáng shì
廨⑥。”陈曰：“武王式⑦
shāng róng zhī lǘ xí bù xiá nuǎn wú
商容之闾，席不暇暖。吾
zhī lǐ xián yǒu hé bù kě
之礼贤，有何不可？”

——《世说新语·德行第一》

小词典

①陈仲举：陈蕃，字仲举。

②登车揽辔：坐上车子，拿起缰绳。这里指走马上任。揽：拿，提。辔：套马的缰绳。

③徐孺子：即徐稚，字孺子。

④主簿：汉代各级官府中办理事务的官员，主要负责掌管文书。

⑤府君：汉代对太守的敬称，太守办公的地方称府，所以称太守为府君。

⑥廨：指官署、衙门等官吏办事的地方。

⑦式：通“轼”，古代车前用作扶手的横木，古人在车上以手抚轼表示敬意。

学成语

席不暇暖

释义

席子还没有坐暖就去忙别的事。比喻奔走忙碌，没有休息的时候。

用法

可作为谓语、宾语、补语。示例：小王春节活动紧凑，忙得席不暇暖。

名人趣谈

扫除天下的志向

陈蕃少年时，有一个专门用来读书学习的庭院。一天，他父亲的老朋友薛勤来看他，看到院里杂草丛生、屋子里乱七八糟，便对陈蕃说："孺子何不洒扫以待宾客？"陈蕃回他："大丈夫应当以澄清天下为己任，哪能只顾及自己的屋子呢！"薛勤非常欣赏陈蕃"澄清天下"的志向，但也及时纠正："一屋不扫，何以扫天下？"陈蕃听了很受教，从此，他开始从身边小事做起，后来终成东汉名臣。

揭穿假名士

陈蕃为人刚正，他尊重真正的贤人，痛恨徒有虚名的假名士。陈蕃任乐安太守的时候，当地有一个叫赵宣的人，父母去世之后，他葬亲而不关闭墓道，在里面服丧了二十多年。汉代以孝治天下，奖励有孝行的人。乡亲们都称赞赵宣的孝道，当地的州郡长官几次表彰他，还把他推荐给了陈蕃。陈蕃觉得奇怪，就命人前去调查，查出赵宣在居丧期间生了五个儿女。陈蕃大怒，斥责他说："祭祀不需要太过，太过反而是不敬的行为。你睡在墓中，是为了欺世盗名，这是要迷惑群众、欺骗鬼神吗？"于是治了他的罪。

浪子回头
名垂青史

主角 周处

品读 迷途知返、浪子回头

周处年轻的时候，争强好斗，意气用事，被乡邻们视为祸害，当时的义兴郡河内有条蛟龙，山里有只跛脚虎，他们都危害百姓，故义兴人将他们并称为“三害”，而且公认周处的危害更大。有人劝说周处前去杀虎斩蛟，实际上是希望三害中只留下一个祸害。

周处听后立刻上山击杀了跛脚虎，接着又下河与那条蛟龙厮杀。那蛟龙有时浮出水面，有时潜入水下，行进了几十里，周处始终与蛟龙搏斗在一起。经过三天三夜的恶战，乡邻们都认为周处已经死了，开始互相庆贺。却不承想他最终杀死蛟龙，从水里出来了。周处听到乡亲们正在互相庆贺自己死去，才知道自己被乡人厌恶，于是决心改过自新。

周处前往吴郡寻找名士陆机、陆云兄弟。当时陆机不在，只见到了陆云，周处便把自己的情况告诉了陆云，并说："我想加强个人修养，改邪归正，可年岁已大，担心终究会一事无成。"

陆云说："古人以'朝闻夕死'的品德为贵，况且您年纪尚轻，前途远大呢。再说，一个人要担忧的是自己不能立志，何必去关心美名能不能显扬呢！"

于是周处改过自新，重新振作，终成一代忠臣孝子。

本文讲的是一个失足青年浪子回头的故事。这个小故事篇幅紧凑，情节生动，很有感染力。周处年轻的时候武艺高强，甚至可以一个人杀死老虎和蛟龙，但他只顾争强斗狠，忽视了自己的品行。也是经过了这件事情，周处才得知自己一直被乡邻视为祸害。

可贵的是，周处并没有因乡邻的行为而生气，而是借此真正认识了自己。此事也成为他改邪归正的契机。经过名士陆云的指点，周处奋发图强，勤学苦修，逐渐成为一名有为青年。周处后来文武双全，为国家领兵征战，在战场上英勇战死，千古留名。

哼，我打遍天下无敌手，杀虎斩蛟不是事！
周处
乡邻
酒
跛脚虎好杀，可这条蛟龙真难搞啊，我都奋战三天三夜了！
我杀了虎和蛟龙，乡亲们却都希望我死，我以后的人生该怎么办？
朝闻道，夕死可矣。你只要努力，终有一天会有成就的。
陆云

故事有出处

zhōu chǔ nián shào shí xiōng qiáng xiá qì wéi xiāng
周处①年少时，凶强侠气②，为乡
lǐ suǒ huàn yòu yì xīng shuǐ zhōng yǒu jiāo shān zhōng yǒu zhān jì
里所患，又义兴水中有蛟，山中有邅迹
hǔ bìng jiē bào fàn bǎi xìng yì xīng rén wèi wéi sān hèng
虎③，并皆暴犯百姓，义兴人谓为三横④，
ér chǔ yóu jù huò shuì chǔ shā hǔ zhǎn jiāo shí jì sān héng
而处尤剧。或说处杀虎斩蛟，实冀三横
wéi yú qí yī chǔ jí cì shā hǔ yòu rù shuǐ jī jiāo
唯余其一。处即刺杀虎，又入水击蛟。
jiāo huò fú huò mò xíng shù shí lǐ chǔ yǔ zhī jù jīng
蛟或浮或没，行数十里。处与之俱，经
sān rì sān yè xiāng lǐ jiē wèi yǐ sǐ gēng xiāng qìng jìng
三日三夜，乡里皆谓已死，更相庆。竟
shā jiāo ér chū wén lǐ rén xiāng qìng shǐ zhī wéi rén qíng suǒ
杀蛟而出，闻里人相庆，始知为人情所
huàn yǒu zì gǎi yì nǎi rù wú xún èr lù píng yuán bù
患，有自改意。乃入吴寻二陆⑤，平原不
zài zhèng jiàn qīng hé jù yǐ qíng gào bìng yún yù zì
在，正见清河，具以情告，并云："欲自
xiū gǎi ér nián yǐ cuō tuó zhōng wú suǒ chéng qīng hé
修改⑥，而年已蹉跎，终无所成。"清河
yuē gǔ rén guì zhāo wén xī sǐ kuàng jūn qián tú shàng kě
曰："古人贵朝闻夕死，况君前途尚可。
qiě rén huàn zhì zhī bú lì yì hé yōu lìng míng bù zhāng yé
且人患志之不立，亦何忧令名不彰邪！"
chǔ suì gǎi lì zhōng wéi zhōng chén xiào zǐ
处遂改励，终为忠臣孝子。

——《世说新语·自新第十五》

小词典

①周处：字子隐，魏晋时东吴义兴郡阳羡县人。

②侠气：意气用事。

③邅迹虎：跛脚的老虎。

④横：指那些残暴的事物。

⑤二陆：吴郡名士陆机、陆云。二人是兄弟，非常有名，被称为二陆。陆机后来在晋朝担任平原郡内史，陆云则担任清河郡内史，所以下文将其称呼为平原、清河。

⑥修改：此处的意思是"加强道德修养、改正以往错误。"

学成语

朝闻夕死

释义

早上听到真理，晚上死去也可以。形容对信仰或者真理的无限向往。

用法

作为宾语、定语。示例：她对艺术有着“朝闻夕死”的热情。

知识拓展

朝闻夕死

陆云说的“朝闻夕死”，出自《论语 · 里仁》。学生们向孔子请教“追求真理”的问题。孔子的脸上露出向往的神情，他对弟子们说：“朝闻道，夕死可矣。”意思是，若是让我知晓了真理，就算是早上知道，晚上死去，也死而无憾。“朝闻夕死”一直是古代读书人推崇的价值观，《论语 · 里仁》里还有一句话：“士志于道，而耻恶衣恶食者，未足与议也。”意思是读书人应该抓住一切机会学习，只关心衣服和食物好坏的人，不值得和我们谈论真理。

名人趣谈

性情刚烈的周处

周处改过自新后，一直保持正直刚强的个性。后来，东吴被晋朝攻灭，周处来到洛阳，进入仕途。他的官运很好，一路升迁，官至御史中丞，负责监督官员、检举不法行为。他为官刚正不阿，不管犯错的是朝廷重臣还是皇亲国戚，他都一视同仁，公正处理。他因秉公办案得罪了梁王司马肜（róng），后来，在与齐万年叛军的战役中，司马肜记仇而不带军去救援，最后周处因寡不敌众，战死沙场。

才能相差三十里

主角 杨修

品读 才学超群

曹操和杨修途经曹娥碑下，见石碑的背面题写着“黄绢、幼妇、外孙、齑臼”八个字。曹操问杨修：“你知道这是什么意思吗？”杨修答道：“知道。”曹操说：“你先别说，等我想一想。”

他们走出了三十里路，曹操才说：“我知道了。”于是命令杨修单独写出他的答案。杨修写道：“黄绢，有色的丝织品，是‘绝’字；幼妇，少女的意思，是‘妙’字；外孙，女儿的孩子，是‘好’字；齑臼，承受辛辣作料的器具，是‘辞（辤）’字。八个字的意思是‘绝妙好辞’。”曹操也写下了自己的答案，和杨修是一样的，于是赞叹道：“我的才能比不上你，我走了三十里才弄明白碑文的意思。”

杨修是中国古代著名的文学家，他聪慧过人，才气超群，他出生于名门望族，自负倨傲，锋芒毕露，从不掩饰自己的聪明才智。曹操是一代奸雄，头脑也非常聪明。《世说新语》中记载了四则杨修与曹操之间的故事，杨修的才华让曹操自叹不如。在本文的故事中，曹操看到碑文上的八个字后，走了三十里路，才想明白其中的含义，而杨修在看到碑文后立刻就得出答案，由此更加凸显了杨修的聪明才智。

曹娥是历史上著名的孝女，她生活在东汉时期，是上虞（今属浙江）人。曹娥 14 岁那年，父亲在江中溺水，她昼夜沿江呼喊父亲的名字，却寻不到父亲。曹娥悲痛万分，跳入江中寻找父亲，五日后曹娥的尸体抱着父亲的尸体浮出水面。上虞县令被曹娥的孝心感动，于是请文人邯郸淳为曹娥写了一篇碑文。

传说汉代大文人蔡邕（yōng）看到曹娥碑后，就在碑的背面题上“黄绢幼妇，外孙齑臼”八字，众人都不明白什么意思。一直到杨修看到后才解出来，原来蔡邕对碑文的评价是“绝妙好辞”！

这几个字是什么意思，杨修你能看明白吗？
曹操
黄绢幼妇 外孙齑臼
当然。
等等，你先别说，让我先想一想。
杨修
那是拆字谜，蔡邕对碑文的评价是“绝妙好辞”。
咱俩的想法一样，可是我比你差了三十里啊。

故事有出处

wèi wǔ cháng guò cáo é bēi xià yáng xiū cóng
魏武①尝过②曹娥碑③下，杨修从。
bēi bèi shàng jiàn tí zuò huáng juàn yòu fù wài sūn jī jiù
碑背上见题作“黄绢幼妇，外孙齑臼”
bā zì wèi wǔ wèi xiū yuē jiě fǒu dá yuē jiě
八字，魏武谓修曰：“解不？”答曰：“解。”
wèi wǔ yuē qīng wèi kě yán dài wǒ sī zhī xíng
魏武曰：“卿未可言，待我思之。”行
sān shí lǐ wèi wǔ nǎi yuē wú yǐ dé lìng xiū bié
三十里，魏武乃曰：“吾已得④。”令修别
jì suǒ zhī xiū yuē huáng juàn sè sī yě yú zì wéi
记所知。修曰：“黄绢，色丝也，于字为
jué yòu fù shào nǚ yě yú zì wéi miào
‘绝’；幼妇，少女也，于字为‘妙’；
wài sūn nǚ zǐ yě yú zì wéi hǎo jī jiù
外孙，女子也，于字为‘好’；齑臼，
shòu xīn yě yú zì wéi cí suǒ wèi jué miào hǎo
受辛也，于字为‘辞⑤’。所谓‘绝妙好
cí yě wèi wǔ yì jì zhī yǔ xiū tóng nǎi tàn
辞’也。”魏武亦记之，与修同，乃叹
yuē wǒ cái bù jí qīng nǎi jué sān shí lǐ
曰：“我才不及卿，乃觉三十里。”

——《世说新语·捷悟第十一》

小词典

①魏武：指曹操，字孟德，小字阿瞒，沛国谯县（今安徽亳州）人。其子曹丕代汉称帝建立曹魏，追谥曹操为武皇帝，故后人称曹操为魏武帝。

②尝过：曾经路过。

③曹娥碑：东汉年间人们为颂扬曹娥的美德，纪念她的孝行而立的石碑。

④得：知道、明白。

⑤辞：古代“辞”也写作“辤”，由左边的“受”字和右边的“辛”字组合而成。

学成语

绝妙好辞

释义

指文辞极其美妙。

用法

示例：这首诗情感细腻，立意独特，是一首绝妙好辞。

知识拓展

汉字拆合的艺术

杨修解出曹娥碑背面评语的意思，是运用了一种把文字进行拆解、组合的方法。这是汉字独具一格的特征。近代著名文学家鲁迅曾经为自己的一本杂文集取名《且介亭杂文》，这个怪异的名字就巧妙运用了汉字拆解。鲁迅当时居住在上海公租界越界筑路的区域，那个地方有“半租界”之称。鲁迅先生就将“租界”二字各取一半，成“且介”，表示对民国政府丧失土权的不满和对帝国主义的憎恨。

名人趣谈

杨修之死

杨修聪慧过人，曹操虽然赞叹不已，但心中对他也有忌惮。曹操攻打汉中，杨修随军出征。曹操久攻不下，想要撤军却又不甘心，正好军中来人请示口令，曹操便随口说“鸡肋”。属下们都不明白什么意思，杨修听说了“鸡肋”二字，便回去收拾行李，别人问他原因，杨修解释说：“鸡肋这种东西，吃起来没什么肉，扔了又可惜，说的就是汉中。魏王传‘鸡肋’的口令，不久以后肯定是要撤军了。”曹操忌惮杨修的才华和智谋，最终找借口处死了杨修。也有说法认为，杨修之死主要是因为与曹植交好，犯了曹操的忌讳。

善待他人 终有回报

主角 顾荣

品读 善有善报、尊重他人

顾荣在洛阳时，应别人的邀请去赴宴。（在宴席上）他发觉烤肉的下人脸上显露出很想吃烤肉的神色。于是顾荣拿起自己的那份烤肉，让给那位下人吃了。

同席的人笑话顾荣有失身份。顾荣说：“哪有人整天烤肉，却不知道肉味的道理？”

后来，顾荣遇上战乱过江避乱。每逢遭遇危机，总会有一个人在身边保护自己。顾荣问他为什么这样做，（被告知后才知道）原来这个人就是当年接受自己烤肉的下人。

顾荣，字彦先，出身于名门望族，品行高洁，年少时就展现出很高的才能，与当时几位有才之士并称为“五俊”。在文中，顾荣虽身份尊贵，却并不轻视他人，他主动将自己的烤肉分给仆人。在注重出身、门第的魏晋时期，虽然有人不理解，嘲笑顾荣的行为有失身份，但也有人推崇这种可贵的品质。这份善良与真诚打动了仆人，让他在后来的逃亡途中获得了这个仆人的帮助。

顾荣与烤肉仆人的传奇故事，不只是小说家言，在史书上也有记录。但《晋书》中记载的结局略有不同，当时顾荣因受司马伦牵连，即将被诛杀，当日烤肉的仆人刚好已经任职督率，于是救了顾荣。

顾荣重视人才，德行被广为称颂，是当时江南士族的领袖。晋元帝司马睿南渡建立东晋之后，顾荣身居要职，认为南方的人才“未尽才用”，向皇帝推荐了陆晔、甘卓等大量江南士族中的人才，司马睿都任用了。顾荣甚得朝野敬重，他逝世后，司马睿亲临葬礼，并追封他为侍中、骠骑将军、开府仪同三司，谥号为“元”。

你辛苦半天了，这份烤肉就给你吃吧。
顾荣
仆人
他就是一个仆人，你这不是自降身份吗？
哪有人整天烤肉，却没尝过肉的味道呢？
主公别怕，我来保护您！我就是当年那个烤肉的仆人。

故事有出处

gù róng zài luò yáng cháng yìng
顾荣①在洛阳，尝应
rén qǐng jué xíng zhì rén yǒu yù zhì zhī
人请，觉行炙人②有欲炙之
sè yīn chuò jǐ shī yān tóng zuò chī
色③，因辍④己施焉。同坐嗤
zhī róng yuē qǐ yǒu zhōng rì zhí zhī
之，荣曰：“岂有终日执之，
ér bù zhī qí wèi zhě hū hòu zāo luàn
而不知其味者乎！”后遭乱
dù jiāng měi jīng wēi jí cháng yǒu yì rén
渡江⑤，每经危急，常有一人
zuǒ yòu jǐ wèn qí suǒ yǐ nǎi shòu zhì
左右己。问其所以，乃受炙
rén yě
人也。

——《世说新语·德行篇第二》

小词典

①顾荣：字彦先，吴郡吴县（今江苏苏州）人，西晋末年名士。
②行炙人：端送烤肉的仆人。炙，烤肉。
③色：神色，脸色。
④辍：中止，停下。
⑤遭乱渡江：指晋朝陷入战乱，大批人渡过长江南下避难。

学成语

善有善报

释义

做好的事情会得到好的回报。

用法

示例：善有善报，恶有恶报。我们在生活中要记得勿以善小而不为，勿以恶小而为之。

名人趣谈

借酒避祸

魏晋时期，有许多借酒避祸的名士，顾荣也是其中之一。齐王司马冏执掌朝政的时候，久闻顾荣的名声，想让他做官辅佐自己。顾荣深知司马冏骄横暴虐的本性，不想辅佐他，但又不便直接拒绝，于是终日酣醉，想要借酒避祸。顾荣的好友冯熊为了配合他，趁机向司马冏府中的人禀报："顾荣喜欢喝酒，难成大事，不如让他走人，以免误了政务。"司马冏信以为真，就给顾荣安排了中书侍郎的官。顾荣脱身之后，不久又借故辞去这个官职，才得以远离祸端。

知识拓展

古代的烧烤——"炙"

中国的烧烤历史悠久，早在商周时期，人们把烧烤叫作"炙"，《礼记》记载："炙，贯之火上也。"意思是将肉串放在火上烧烤。到了汉代，烧烤已成为贵族圈子不可缺少的一道美食，汉代刘歆《西京杂记》记载，汉高祖刘邦常以烧烤鹿肝牛肝下酒。汉代的"美食方"中记载了"狗干炙方""鹨修炙方"等，说明烧烤的种类在汉代十分丰富，飞禽、走兽、家畜、河鲜等，都能作为烧烤的食材。此外，成语"脍炙人口"、辛弃疾的词句"八百里分麾下炙"等，也都与烤肉有关。

面对危险 奋勇忠诚

主角 钟雅

品读 忠诚勇敢、临危不惧

苏峻带领叛军抵达石头城，朝廷的百官纷纷逃散，只有侍中钟雅一人留在晋成帝身边。

有人问钟雅说："看到条件允许就前进，遇到困难就后退，这是古人常用的道理。您性情忠诚又正直，仇敌一定不会放过你，为什么不随大家离开，偏要坐着等死呢？"

钟雅说："国家有叛乱不能匡救，君主有危难不去救助，各自逃走避祸，我怕史官董狐要拿着竹简来找我啊！"

钟雅，字彦胄，是晋朝官员，也是三国时魏太傅钟繇（yáo）的后代。他自幼聪颖过人，好学有才志，但不幸在少年时期丧父。

晋室东渡时，他跟随司马睿到江东。在追从司马睿期间，钟雅努力学习，不断提高自己的能力，并屡次立下战功，后来成为一名备受赞誉的将领。本文的故事中，钟雅忠诚正直，在君主处于危难之时，不像其他官员那样，各自逃避以求免祸，而是不离不弃，始终留守在晋成帝身边。

苏峻也是一位少（shào）有才学的人，但他后来居功自傲，拥有强大的兵力后开始变得自负，逐渐滋生了谋反的意向。咸和二年（327年），苏峻之乱爆发，朝廷派钟雅率领军队与苏峻交战。然而由于兵力不足，钟雅不敢轻举妄动，只能退回建康（东晋都城，今江苏南京）。后来，苏峻攻入建康，朝廷百官纷纷逃散，只有钟雅一人留在晋成帝身边。两年后，钟雅不幸被叛军杀害。

正所谓患难见真情，钟雅的忠诚勇敢，一直被后人称颂至今。

晋成帝
钟雅
国难当头，叛军要攻进来，大家都忙着逃走！
钟雅，你还不走，要等叛军来杀吗？
我不能走！君主有难而不救助，那样会在史书上留下骂名！

故事有出处

sū jùn jì zhì shí tóu bǎi
苏峻①既至石头②，百
liáo bēn sàn wéi shì zhōng zhōng yǎ dú zài
僚奔散，唯侍中钟雅独在
dì cè huò wèi zhōng yuē jiàn kě
帝侧。或谓钟曰：“见可
ér jìn zhī nán ér tuì gǔ zhī dào
而进，知难而退，古之道③
yě jūn xìng liàng zhí bì bù róng yú kòu
也。君性亮直，必不容于寇
chóu hé bú yòng suí shí zhī yí ér zuò
仇。何不用随时之宜，而坐
dài qí bì yé zhōng yuē guó luàn
待其弊邪？”钟曰：“国乱
bù néng kuāng jūn wēi bù néng jì ér gè
不能匡，君危不能济，而各
xùn dùn yǐ qiú miǎn wú jù dǒng hú jiāng
逊遁以求免，吾惧董狐④将
zhí jiǎn ér jìn yǐ
执简而进矣！”

——《世说新语·方正第五》

小词典

①苏峻：字子高，长广掖县（今山东莱阳）人。有才学，举孝廉。后讨伐王敦有功，封公，官至历阳内史。咸和二年，起兵反叛，并成功控制朝廷，后兵败被杀。

②石头：石头城，指东晋都城建康，即今天的南京。

③古之道：古时候的常理。

④董狐：春秋晋国的史官，以实事求是、尊重史实而著称。

学成语

知难而退

释义

原义指作战时见机行事，情况不利时要及时退避。后指遇到困难就退缩，没有勇气去克服。

用法

用作谓语或宾语。示例：想要成就大事，不能总是知难而退，要迎难而上。

知识拓展

苏峻之乱

东晋成帝年间，苏峻任历阳内史，手下有精兵万人，而且武器精良，是江北一支强大的军事力量。苏峻在当时威望很高，但为人骄纵，经常接纳亡命之徒和逃亡的罪犯。晋成帝的辅政重臣庾亮命苏峻送还叛贼，但苏峻不听。庾亮认定苏峻是一个祸患，总有一天会引发叛乱。果然，不久苏峻就联结镇西将军祖约，起兵进攻都城建康。第二年叛军攻破建康，苏峻执掌朝政。庾亮推举征西大将军陶侃为盟主，成立了讨伐军，共同反抗苏峻。最后苏峻战死，他的余党也被消灭。

史官董狐

董狐是春秋时晋国的太史，也称“史狐”。《左传》中记载，董狐当史官时不畏强权，坚持原则。当时的正卿赵盾掌权，却被晋灵公逼迫逃走，逃到晋国边境时，听说他的族弟赵穿杀死了晋灵公，于是返回了晋都。董狐写史记载“赵盾弑其君”，说赵盾杀了君主。赵盾认为晋灵公是赵穿杀的，根本不是自己的罪责。董狐阐明史官的立场说：“你作为执政大臣，听到君王被杀，你回朝中就应当带人讨伐乱臣，不讨伐就等于没尽职责，因此‘弑君’之名应该由你承担，这是由写史的规矩决定的。”孔子认为董狐坚持正义，且实事求是，是“古之良史”。后世对他有“良狐”的美称。

波澜不惊 静听战报

主角 谢安

品读 镇定自若、运筹帷幄

谢安正在和客人下围棋，没多久，谢玄从淮河前线派来的信使到了。谢安看完信后，没有说话，而是缓缓地转向棋局，继续下棋。

客人询问战场的情况怎么样，谢安回答：“孩子们大破了贼人的军队。”谢安说话之间的表情、言谈、举止，与平时并没有什么差异。

谢安，字安石，是东晋时期的政治家、文学家、军事家，他聪明绝顶，读书勤奋，是当时最有才华的学者之一，素有“东晋第一才子”之誉。淝水之战中，前秦皇帝苻坚带兵百万南下入侵，这一战关乎着东晋的存亡。京城建康一片恐慌，朝廷命谢安任征讨大都督，同时命谢玄出征前线。谢安作为总指挥，毫无半点慌张和忙乱。

谢安做官后处事决断，不居功自傲，有宰相气度，并以卓越的才华、强烈的责任感和高尚的道德观念，在当时获得了极高的权威和声望，齐人王俭称他为“江左风流宰相”。谢安是东晋谢氏家族的成员，当时的谢家优秀子弟众多，是最显赫的豪门士族之一。谢玄是谢安哥哥谢奕的儿子，善于治军，谢安十分赏识和器重他。在政治和军事方面，谢安是个细心谨慎的人，他总是全盘考虑各种因素，从而做出明智的决策。正因为如此，他主持的“淝水之战”最终以少胜多，成为军事史上浓墨重彩的一笔。

当谢玄送信禀报前线战事时，谢安仍然淡然自若，处事不惊，照样跟人下棋，当旁边的客人按捺不住问他战场情况，他只是轻描淡写地说孩子们大破了贼人的军队，好像这次战役胜券在握，不足挂齿。这显示了谢安的冷静沉着与运筹帷幄，颇有镇定自若的大将风度，所以当时的人都仰慕谢安的高雅气量。

谢安
禀报大都督，淮河前线有战报到！
信使
宾客
继续下棋，接下来我要占优势了！
谢公，前线的战况如何，您不担心吗？
谢
没什么，孩子们大破了贼军而已。

故事有出处

xiè gōng yǔ rén wéi qí
谢公[1]与人围棋，
é ér xiè xuán huái shàng xìn zhì
俄而谢玄[2]淮上信至，
kàn shū jìng mò rán wú yán
看书竟，默然无言，
xú xiàng jú kè wèn huái shàng lì
徐[3]向局。客问淮上利
hài dá yuē xiǎo ér bèi
害[4]，答曰：“小儿辈
dà pò zéi yì sè jǔ zhǐ
大破贼。”意色举止，
bú yì yú cháng
不异于常。

——《世说新语·雅量第六》

小词典

①谢公：即谢安，字安石，号东山，东晋政治家、军事家。世称谢太傅、谢相。
②谢玄：谢安兄长谢奕的儿子，字幼度，东晋名将，有经国才略。
③徐：慢慢地、缓缓地。
④利害：指战场上的进展或情况。

学成语

喜怒不形于色

释义

高兴或愤怒之情，都不表现在自己的脸色上。指人有涵养，沉着冷静，感情不外露；也指人城府很深，善于伪装。

用法

示例：他为人大度，性情温和，沉着冷静，喜怒不形于色。

知识拓展

淝水之战的结局

“淝水之战”是中国历史上一场以少胜多的著名战役。前秦皇帝苻坚率兵进攻东晋，谢安命谢玄在淝水迎战，并最终胜利。前秦战败之后，逐渐衰落，北方各民族纷纷脱离了前秦统治，分裂成几个政权，苻坚也在两年后被叛将杀死。南方的东晋则得以延续，并趁机北伐，将边界线推进到黄河南部。谢安去世、谢玄退隐后，东晋又转为守势。

围棋的故事

围棋起源很早，先秦典籍《世本》记载：“尧造围棋，丹朱善之。”民间传说，尧帝有个儿子丹朱，性情顽劣，不爱学习。有一天，尧帝在军营操练士兵，丹朱说了一句：“士兵们真威猛善战呀！”尧帝看到丹朱似乎对打仗有兴趣，于是就在地上画了很多小方格，又捡来一些黑色和白色的小石子，然后带着丹朱玩起了用石子打仗的游戏。丹朱果然兴致勃勃，尧帝趁机教育丹朱说：“这与上战场一样，必须学会排兵布阵，否则不可能取胜。”丹朱深受启发，从此以后不再打闹嬉耍，每天专心学习兵法，渐渐悟出了许多打仗的方略，性格也变得稳重沉着，后来成为一名文武双全的优秀将领。而尧帝发明的石子游戏则演变为后来的围棋。

情义比生命更重要

主角 荀巨伯

品读 重情重义、临危不惧

荀巨伯从远方来看望生病的朋友，恰逢胡人来围攻城池。朋友对荀巨伯说："我如今是死定了，你可得赶快离开这里！"

荀巨伯说："我远道而来看望你，你却要我赶快离开这里；让我败坏自己的道义来求生，这难道是我荀巨伯会做的事吗？"

胡人军队闯进这里后，问荀巨伯："大军已到，整个城的人都跑空了，你是什么人，竟敢留在这里？"

荀巨伯回答："我的朋友身患重病，我不忍心丢下他，宁愿代我的朋友去死。"

胡人听后相互议论："我们这些没有道义的人，却攻入了这个讲究道义的国家！"于是撤回军队，全城因此得以保全。

这篇故事语言简洁明了，讲述了一个面对危险勇于“舍生取义”的人物荀巨伯的故事，颂扬了重视友情、舍生取义的高尚品质。荀巨伯的“情义”具有强大的感化力量，表现了患难见真情的可贵。这样的精神最终感动了敌兵，不仅救了朋友，还让敌军自惭而退，最终保全了当地百姓。

荀巨伯冒着生命危险保护患病的朋友，因为他们的友谊建立在真情和道义上。这样的友谊，才是真正的君子之交。荀巨伯主动替别人承担危险，为了保护好友，不惜舍弃自我，表现出勇敢无畏、有情有义、先人后己的精神。

而对于朋友来说，荀巨伯面对生死危难不离不弃，把朋友情义看得比生命还重要。这种对友忠诚、大义凛然的精神，自古以来，受到仁人义士的广泛推崇。

乱世不太平，这么多贼人！
荀巨伯
荀公，你不要管我，快走吧！
友人
我的朋友患重病，我不忍心离开他，宁愿舍命保护他。
你是什么人，竟敢留在这里？
胡兵
这里的人们如此讲究道义，我们不要为难他们，撤军吧。

故事有出处

荀巨伯①远看友人疾，值②胡贼攻郡，友人语巨伯曰："吾今死矣，子可去。"巨伯曰："远来相视，子令吾去，败义③以求生，岂荀巨伯所行邪！"贼既至，谓巨伯曰："大军至，一郡尽空，汝何男子，而敢独止？"巨伯曰："友人有疾，不忍委④之，宁以我身代友人命。"贼相谓曰："我辈无义之人，而入有义之国！"遂班军而还，一郡并获全。

——《世说新语·德行第一》

小词典

①荀巨伯：东汉颍州人，生平不详，汉桓帝时期的义士。

②值：恰逢，正好，赶上。

③败义：损害道义。

④委：丢下，舍弃。

学成语

求生害义

释义

为保全性命，而伤害了道义。

用法

含贬义。用作谓语和定语。

示例：革命者抛头颅洒热血，决不求生害义。

知识拓展

古人对他人的称呼——“子”

“子”有许多含义，其中一个含义指的是对人的通称，也就是不分性别与年龄，统称为“子”，例如男子、女子、儿子、臣子等。同时，“子”也是对男性的通称，例如长子、次子等。此外，对于品德高尚、地位较高的人，也尊称为“子”，例如君子、天子、太子等。春秋战国时期出现的“诸子百家”中的“诸子”是对各思想流派代表人物的尊称，例如老子、孔子、孟子、墨子、曾子等。

“舍生取义”与“杀身成仁”

本故事中的荀巨伯是一位义士，面对生死危难，他不愿“败义以求生”，而是毅然选择舍生取义，这种举动实在令人敬佩。在中国古代，“仁义”是儒家的核心思想，与“舍生取义”相对应的还有一个成语，是“杀身成仁”，意思是为了正义牺牲自己的生命。

孔子的弟子曾经问他：“仁、德、忠、义四者是我们所追求的，但如果跟自己的生命产生冲突，那应该怎么办？”孔子回答道：“真正的志士仁人不会因为贪生怕死而损害自己的仁义，为了成全仁德，他们可以舍弃自己的性命。”可见，在儒家看来，仁义道德是人生追求的最高准则，其重要性甚至超过了生命。

乱世英雄，盛世奸雄

主角 曹操 乔玄

品读 慧眼识英雄

曹操年轻的时候去见乔玄，乔玄对他说道：“眼看天下即将大乱，群雄如狼似虎一般纷争。将来能够拨乱反正、治理天下的人，除了你还有谁呢！不过阁下能在乱世成为一位平乱的英雄，在盛世中却会是一位阴险狡诈的奸雄。可惜我已年老，看不到你功成名就的那一天了，不过我的子孙可以交给你照顾了。”

后世对曹操的多种评价中，都离不了一个“奸”字。但真实的曹操更是一名雄才伟略的政治家和军事家。曹操二十岁左右时就很有名望了，乔玄当时在朝中担任光禄大夫，对曹操评价很高，举荐他以“孝廉”的身份进入官场。曹操后来建功立业，在乱世中南征北战，正应了乔玄的预测。

曹操被任命为洛阳北部尉。洛阳是东汉都城，也是达官贵人聚居之处，很难治理。曹操到任后严肃法纪，杀了很多犯罪之人，包括一些有后台的人。有一个深受皇帝宠幸的宦官叫蹇硕，他的叔父犯罪，也被曹操依法处死。一时间，曹操威名卓著，但同时也因此得罪了不少权贵。后来汉灵帝改革军制，在中央设置西园军，由八位校尉统属，曹操担任其中的典军校尉。

汉灵帝驾崩后，东汉朝廷陷入动荡。曹操毅然逃出洛阳，散尽家财，招募军队。曹操组建了精锐的青州兵，先后打败了袁术、吕布等势力，逐渐发展壮大。建安元年（196 年）九月，曹操做出了一生中最重要的决定，将汉献帝迎到自己控制的许昌，这就是著名的“挟天子以令诸侯”。从此曹操总领朝政，选拔人才，展现出杰出军事家、政治家的风采，又先后击溃了张绣、袁绍、刘表等势力，统一了中国北方，安定了北方民众的生活。曹操的军事、政治思想受到后人的称赞，不愧为乱世中的英雄。

现在天下不太平，将来四处平乱、治理天下，就靠你了！
曹操
乔玄

你在乱世能成为一位平乱的英雄，盛世却会是一位奸雄。

故事有出处

cáo gōng shào shí jiàn qiáo
曹公①少时见乔

xuán xuán wèi yuē tiān xià fāng
玄②，玄谓曰："天下方

luàn qún xióng hǔ zhēng bō ér lǐ
乱，群雄虎争，拨而理

zhī fēi jūn hū rán jūn shí shì
之，非君乎？然君实是

luàn shì zhī yīng xióng zhì shì zhī jiān
乱世之英雄，治世③之奸

zéi hèn wú lǎo yǐ bú jiàn jūn
贼。恨吾老矣，不见君

fù guì dāng yǐ zǐ sūn xiāng lèi
富贵，当以子孙相累④。"

——《世说新语·识鉴第七》

小词典

①曹公：曹操，字孟德，著名的政治家、军事家、文学家、书法家、诗人。东汉末年丞相，曹魏王朝的奠基者。

②乔玄：字公祖，也有史书写成桥玄，东汉时期名臣，性格刚强，为官清廉。

③治世：君主英明的太平盛世。

④累：牵累、连累。这里的意思是将自己的子孙托付给曹操照顾。

学成语

乱世英雄

释义

混乱动荡的时代中出现的杰出人物。

用法

用作宾语、定语。示例：坚强无畏的人才能成为真正的乱世英雄。

名人趣谈

曹嵩的身世之谜

曹操出身于官宦家庭，他的生父曹嵩是中常侍曹腾的养子。曹腾是西汉著名丞相曹参后人，为人清廉公正，先后辅佐了四位皇帝。而曹嵩的身世不明，《三国志》记载“莫能审其生出本末”，意思是说不知道曹腾在哪里抱养了曹嵩。也有历史记载曹嵩本姓“夏侯”，是夏侯惇的叔父。又因为曹操有大量的家族兄弟、子侄，有史学家认为，曹腾是从曹氏的同宗子侄中收养的曹嵩，这也符合当时的惯例。

知己相交祭乔玄

根据历史记载，乔玄对曹操十分看重，不仅多次夸奖勉励曹操，还建议他去拜见当时的名士许劭（shào），以帮他提升名气。曹操十分感激，将他视为知己。乔玄死后，曹操经常怀念他。建安七年（202年），统揽朝政的曹操击败了袁绍和刘备后，志得意满。当大军经过乔玄墓时，他专门前往祭拜，并撰文祭祀乔玄说：“我一直牢记‘士为知己者死’这句话，又常常想起我们之间的誓约……如今我怀念旧事，一想起来就十分伤感。我奉命东征，大军在乡里驻扎，我向北瞭望故土，心里记挂着您的陵墓。”

耿直大臣 扶弱抑强

主角 **裴楷**

品读 为人正直、替天行道

梁王和赵王，都是皇亲国戚，权贵显赫当世。裴楷请求他们每年从其封地拨出几百万税钱去周济那些穷困的亲戚。

有人嘲笑他说："为什么自己出面跟别人乞讨钱财去做好事？"裴楷回答说："从富裕的地方拿些资源，补给需要的地方，这是天道所在。"

梁王司马肜（róng）是司马懿第八个儿子，赵王司马伦是司马懿第九个儿子，两人为同父异母的兄弟，司马炎为司马懿第二子司马昭之子。司马炎篡魏后成为晋朝开国皇帝，他大肆分封宗室为王，梁王、赵王因此而位高权重，富贵逼人。

当时裴楷担任晋武帝司马炎的侍中，知道梁王与赵王不但官爵显赫，家中财物也是用之不竭，所以向他们请求从封地的租税中拿出数百万钱，用来救济穷苦亲戚。素来被人赞其仪容风采俱佳的裴楷，听到有人在讥笑他，也替自己的行为辩白，强调他所做的是一件合乎自然天理的事，是为了让天下大势维持平衡。

裴楷，字叔则，魏晋名臣，出身于名门望族河东裴氏。《晋书·裴楷传》记载:“楷风神高迈，容仪俊爽，博涉群书，特精理义，时人谓之玉人。”意思是说，裴楷不但长相俊美，更是一位博览群书、才学兼备的文人，被当时的人们称为“玉人”。他年少时便闻名乡里，可能也正因如此，他的言行才更容易被众人加以放大检视。

梁王司马肜心胸狭隘，曾因私人恩怨逼死名将周处，而赵王司马伦更为险恶奸诈，他挑起八王之乱，并趁机篡位称帝。裴楷敢从他们身上虎口夺食，其耿直可见一斑。

赵王
王兄，咱们被封为梁王和赵王，荣华富贵，夫复何求啊！
梁王
裴楷
两位王爷，能否支援一些钱财来周济那些贫困的皇亲。
向别人低头乞讨钱财做好事，值得吗？
裴楷
这叫“损有余，补不足”，我是在行天道啊！

故事有出处

梁王、赵王①，国之近属②，贵重当时。裴令公③岁请二国租钱④数百万，以恤中表⑤之贫者。或讥之曰：“何以乞物行惠？”裴曰：“损有余，补不足，天之道也。”

——《世说新语·德行第一》

小词典

①梁王、赵王：梁王司马彤，字子徽；赵王司马伦，字子彝。二人都是西晋宗室。

②国之近属：朝廷的皇亲国戚。

③裴令公：指裴楷，字叔则，因他后来官至中书令，所以被人尊称为裴令公。

④二国租钱：梁王、赵王两处封地的租税。

⑤中表：古时候称父亲的血缘亲戚为“内”，其他的亲戚为“外”；外又称为“表”，内则被称为“中”。中表就是二者合称，泛指各种亲戚。

学成语

损有余补不足

释义

减少多余的，添补给不足的，这是古代道家的一种平均思想，后来泛指填平补齐。

用法

用作定语、宾语。示例：富人救济穷人，合乎损有余补不足的天道。

名人趣谈

裴楷的是非观

裴楷坚持自己的是非观念。大臣贾充曾威逼曹魏皇帝让位于司马氏，虽然贾充对裴楷有提携之恩，但裴楷并不认可他的做法和为人。有一次，司马炎问裴楷说：“我兢兢业业地把天下治理得这么好，你觉得有哪些地方还需要改进？”裴楷回答说：“陛下您做得很棒，眼下还没人把您的德行与古代圣贤尧舜相比，完全是因为贾充这类小人还在朝中任职啊！”

大方豁达的裴楷

裴楷崇尚老庄，尤其擅于谈论《老子》，他让大贵族捐助穷人的想法就来自于《道德经》，原文是：“天之道，损有余而补不足”。裴楷平时谈论道家学说，精通玄理，在为人处世方面也深受老庄的影响，讲求清静无为、顺应天道。他不把财物放在心上，平时喜欢周济别人，能做到心外无物。裴楷有一处大房子，堂兄裴衍喜欢，他就毫不犹豫地把房子送给了堂兄。阮籍的母亲去世，裴楷前往凭吊，阮籍从榻上起来，走到地上，不哭也不行礼。裴楷遵从礼节，进门就哭，凭吊完才离开，后来有人问：“按照丧仪礼节，吊丧的时候主人先哭，客人才哭。当时阮籍不哭，你为什么要哭呢？”裴楷回答说：“阮籍是脱离了世俗的人，不遵从礼法没关系。我是世俗中人，应该遵守礼法。”

坚持原则 选拔人才

主角 山涛

品读 识人之明、坚持原则

山涛曾先后两次主持吏部选官，几乎考察过所有朝廷百官，举荐时没有漏掉一个人才；但凡他品评、提名过的人物，都名副其实。

只有陆亮是皇帝亲自下诏选用的，皇帝与山涛的意见不同，山涛曾据理力争，但皇帝不肯听从。后来陆亮因受贿而被撤职。

山涛，字巨源，是魏晋时期“竹林七贤”之一，“竹林七贤”被当时的人们视为士人自由精神的象征。山涛是“竹林七贤”中最年长的，他在西晋执掌吏部多年，唯才是举，选拔任免的官吏不计其数。据史书记载，山涛选人很有办法，每当空出一个官位，他就选出几个人，再去问皇帝的意向，然后在这几个人选中优先安排皇帝中意的人。这样一来，有些大臣以为山涛都是凭自己的意思安排人选，就在皇帝面前说他的坏话，皇帝为此专门告诫他说：“用人之道，唯才是举，不要遗漏疏远的人，也不要遗漏出身卑贱的人，这样，天下便可大治了。”

山涛对这样的事从来不解释，而是对举荐的每个人都加以品评，然后写成“启事”给皇帝看。渐渐的，众臣的议论都停止了，觉得山涛选拔人才是很中肯公正的，把他品评官员的奏章称为“山公启事”。陆亮的事情之后，大家更加感叹山涛有眼光。

山涛出身普通庶族，年少时日子过得很贫困，但他很有才学，虽然没有专门研究过道家学说，但行为举止仍有老庄之风。《世说新语》中曾记录了这样一段对话，当时有人问王衍：“山巨源清谈的本事怎么样呢，谁能跟他比肩？”王衍回答说：“山涛这个人不承认自己是清谈之士，他平日虽不读老庄，可是他的言谈举止，往往与老庄思想相合。”这说明山涛的骨子里有老庄的思想，是一位名副其实的清谈名士。

我主持吏部选官，要确保选上来的都是真正的人才！
山涛
陛下，这次吏部的官员，臣推荐……
爱卿，这次不用你推荐了，我看就用陆亮吧。
晋武帝
陆亮
陆亮还真的有问题，山公看人真准啊！
我陆亮刚做官几天，就被查出来问题，真倒霉！

故事有出处

山司徒①前后选，殆周遍百官，举无失才；凡所题目②，皆如其言。唯用陆亮③，是诏所用，与公④意异，争之，不从。亮亦寻为贿败。

——《世说新语·政事第三》

小词典

①山司徒：即山涛，字巨源。三国曹魏以及西晋时期著名政治家，“竹林七贤”之一。晋武帝时升为司徒，世人尊称其为山司徒、山公。

②题目：品评、评价。

③陆亮：字长兴，西晋官员。他品德低劣，是奸臣贾充的亲信。

④公：对人的尊称，这里指山涛。

学成语

山公启事

释义

山涛评论、选任、举荐有才能的官员。比喻举贤任能，公开选拔真正有才能的人。

用法

褒义词。示例：选拔人才要公平、公开、公正，效仿山公启事，不能任意而为。

知识拓展

悬丝尚书

陆亮受贿，反映了当时腐败的官场风气。魏晋时期，贪污受贿之风盛行，山涛却一直洁身自好。当时陈郡人袁毅做高县（古地名，今山东德州境内）县令，用贪污来的钱财贿赂公卿大臣，给山涛送了一百斤的丝。当时官场风气如此，山涛不得不收下，但一直藏在阁楼上。后来袁毅贪污受贿的事情败露了，凡是被他贿赂的官员，都要检举揭发出来。山涛取出一百斤丝交给差吏，拂去上面落下的多年尘埃，连印封都完好如初，山涛因此被人赞誉为“悬丝尚书”。

名人趣谈

山涛的见识

山涛识人很准，对自己也有清醒的认识。他做官之前，家徒四壁，却对妻子韩氏说：“你暂且忍一忍饥寒，我以后一定会位列三公，不知道到时候你能不能做三公夫人。”日后山涛果然当了大官，位列三公，妻子韩氏也自然成了三公夫人。

晋武帝司马炎曾认为天下已经太平，下诏让各个州郡解散军队。山涛却认为此举不妥，无法制止内忧外患。后来，国内盗贼四起，官府因军力不足，无法平定动乱，果然像山涛说的那样。当时的人认为山涛论兵与孙武、吴起的兵法暗合，可见山涛具有非凡的见识。

半醉半醒劝诫皇帝

主角 卫瓘

品读 婉转劝诫

晋武帝司马炎认不清太子司马衷的愚笨，决定要将帝位传给他，许多朝廷重臣为此多次直言进谏。

有一次，晋武帝坐在陵云台上。卫瓘在一旁陪侍，便趁机表达自己的想法。只见他假借醉意跪在晋武帝面前，用手抚摸着晋武帝的坐椅说："这座位可惜了啊！"

晋武帝虽然明白他的意思，但只是笑笑说："你喝醉了吗？"

晋武帝司马炎雄才伟略，建立了西晋王朝。他提倡恭俭，与民休养生息，开创了"太康之治"的良好局面。然而他这一生却犯了一个重大的错误：选错了接班人。司马炎在即位初年，便立自己的二儿子司马衷为皇太子。名分早立，按说没什么麻烦了，但司马衷从小就不够聪明，很可能会是一位不称职的皇帝，国家怎么办呢？大臣看在眼里，急在心里，卫瓘就忍不住了提醒了皇帝，不料皇帝装糊涂，这事就不了了之。

司马衷当时九岁，才智低下，又不肯学习。他能坐上储君位置的唯一理由，就是大哥司马轨早早夭折。朝廷百官都知道他愚笨不堪，纷纷向司马炎进言。于是晋武帝拿尚书省的政务来考太子，太子自然不知该怎样处理，太子妃贾南风暗地里请人代答。晋武帝看了很高兴，废太子的事便从此作罢。

太子少博卫瓘清楚太子无能，一直想奏请晋武帝废掉太子，但不敢直说，因之前就有不好的例子：有一位叫张华的大臣，非常有才华，本是宰相的不二人选，就因为提了一嘴废太子的事，便被打发去了偏远的地方。卫瓘不想落到那个地步，但为了国家社稷，他只能委婉提醒，于是便发生了文中的故事。这件事传出去之后，大家都明白了皇帝的决心，不敢再提废太子的事。最终司马衷还是成为了西晋第二位皇帝。

司马衷是太子，朕对儿子有信心！
晋武帝
百官
太子愚笨，咱们要想个办法提醒皇上。
皇上啊，这座位真好，只是可惜了啊……
卫瓘
爱卿是喝醉了吗？这些话朕就当没听到。

故事有出处

晋武帝既不悟太子①之愚，必有传后意。诸名臣亦多献直言。帝尝在陵云台上坐，卫瓘②在侧，欲申其怀③，因如醉，跪帝前，以手抚床曰："此坐可惜！"帝虽悟，因笑曰："公醉邪？"

——《世说新语·规箴第十》

小词典

①太子：即晋惠帝司马衷，字正度，西晋第二位皇帝（290 ~ 307 年在位），从小智力低下。

②卫瓘：字伯玉，三国曹魏后期至西晋初年重臣、书法家。

③申其怀：申，申述。怀，心意。这里指申述自己的心意，即劝说晋武帝不要将帝位传给太子司马衷。

学成语

主文谲谏

释义

通过假借和譬喻的手法进行委婉的讽谏。

用法

示例：古代的史官经常用主文谲（jué）谏的方法表达观点。

名人趣谈

书法家卫瓘

卫瓘不仅是魏晋时期的重臣，还是著名的书法家。他的书法不仅兼工各体，并能将古人之长融合到自己风格当中。有人说，卫瓘是魏晋时期书法承上启下的关键人物，其地位可以与三国时期的钟繇比肩。卫氏一门四代，自成流派，形成了著名的书法世家。他的后代卫夫人还培养出了书圣王羲之这样的书法大家。

九品中正制与卫瓘

“九品中正制”是魏文帝曹丕制定推行的选官制度，因为担任“中正”的官员都是世家大族，评选官员的权力也基本控制在世族豪强手中，所以客观上助长了门阀制度的形成，普通家庭出身的人很难晋阶。

卫瓘在担任尚书令时，对西晋的用人制度提出大胆的改革建议，认为当时的九品中正制只是权宜之计，不是长久之道，不利于国运民生，应当取消废除，主张恢复乡举里选（从乡里考察推荐）的荐才制度。

卫瓘因此给晋武帝上书，建议开启选拔贤达之路，让百姓顺应教化，知道好坏之分，那么攀比奢华的事就会消亡，国家的风俗与政治也会愈加清明。他建议每个人都从自己做起，只要朝廷大臣都举荐任用有才之人，选贤之路就能变得宽阔。卫瓘的尚贤用才之道，深得晋武帝的称赞，但终究没能成为现实。

豁达豪爽 不信鬼神

主角 庾亮

品读 品德高尚、舍己为人

庾亮所乘坐的马车当中有一匹的（dì）卢马（古人迷信，认为的卢马是凶马），有人劝他把马卖掉。

庾亮不赞同地说："卖掉它就必定有买主，那就又妨害到那位买主，怎能因为对自己不利就把灾祸转嫁给别人呢？以前孙叔敖打死两头蛇来保护后人，这件事传为美谈。我仿效他，不也是很明白事理吗？"

庾亮，东晋时期名臣、名士，是丞相军谘（zī）祭酒庾琛之子，属于名门之后。史书上对庾亮的记载多是正面的，说他品德高尚。后人流传他不卖的卢马、不肯遗祸他人的故事，也体现了他豁达豪爽的性情，同时也说明他不信鬼神。有一次，他的好友、名将温峤（jiào）因欠别人钱被扣押在船上，朝庾亮大喊：“你快来赎我！”庾亮毫不犹豫地筹钱去赎人，这样的事情后来又发生过几次。

庾亮姿容俊美，善谈玄理，当时的人们把他与曹魏时的名士夏侯玄、陈群相提并论。当时的琅邪王司马睿听说了他的名声，召他担任西曹掾（yuàn）一职。两人第一次见面，司马睿今很欣赏他的俊美姿容和渊博学识，便想和他联姻，于是让世子司马绍娶了她的妹妹庾文君。后来司马睿登基为皇帝，司马绍为太子，庾文君被封为太子妃，庾亮因此成了皇亲国戚。王敦发动叛乱时，庾亮协助司马绍平叛。司马绍登位两年后病逝，年仅四岁的晋成帝即位，庾亮身为国舅，辅佐幼帝，掌管朝政。

大权在握的庾亮多次意图北伐，最终壮志未酬，忧闷成疾病逝，死后被追赠太尉，谥号“文康”。

主公，左边这匹马长有点怪，应该是传说中的“的卢”。
庾亮
车夫

孙叔敖
庾公，这匹的卢马不吉利，会妨害主人，不如把它卖掉。
卖了岂不是妨害他人？我要学习孙叔敖打死两头蛇以保护后人的精神。

故事有出处

yǔ gōng chéng mǎ yǒu dì
庾公①乘马有的
lú huò yù lìng mài qù yǔ
卢②，或③语令卖去，庾
yún mài zhī bì yǒu mǎi zhě jí
云："卖之必有买者，即
fù hài qí zhǔ níng kě bù ān jǐ
复害其主，宁可不安己④
ér yí yú tā rén zāi xī sūn shū
而移于他人哉？昔孙叔
áo shā liǎng tóu shé yǐ wèi hòu rén
敖⑤杀两头蛇以为后人，
gǔ zhī měi tán xiào zhī bú yì
古之美谈。效之，不亦
dá hū
达⑥乎！"

——《世说新语·德行第一》

小词典

①庾公：庾亮，字元规，东晋名臣、名士，曾任征西大将军、荆州刺史。
②的卢：一种烈性骏马的名字，古代有迷信的说法认为是一种凶马，会妨害到主人。
③或：有的人。
④不安己：对自己不利。
⑤孙叔敖：孙叔敖，春秋时期楚国的令尹。传说孙叔敖小时候曾看见一条两头蛇，因为担心后面的人再见到它遭遇不幸，于是就把它打死埋掉了，传为美谈。
⑥达：通达，明白事理。

学成语

传为美谈

释义

流传下去成为人赞美、称颂的事情。

用法

褒义词。示例：小浩帮助别人的事迹，在学校传为美谈。

知识拓展

名马的卢

传说东汉末年，刘备投奔曹操的时候，曹操让刘备自己去马厩挑选一匹马。刘备只挑走一匹不起眼的瘦马，对其他骏马都视而不见，众人见这匹马“瘦悴骨立”，都嘲笑刘备没眼光。这匹马就是的卢。后来，刘备去荆州投靠刘表，刘表手下的大将蔡瑁想谋害他。刘备骑着马逃走，蔡瑁带兵在后面追赶，而前方是一条大河挡路，的卢马一跳跃起，跨过宽三丈的大河，救了刘备的性命。尽管如此，的卢仍被当时的很多人视为不祥之马，认为它会妨害主人。不过，从刘备和庾亮的故事可以看出，这个说法完全是无稽之谈。

名人趣谈

孙叔敖的传说

孙叔敖，姓芈（mǐ），名敖，字叔敖，是春秋时期楚国名相，也是历史上的治水名人。《孟子·告子下》有“孙叔敖举于海”的说法，传说孙叔敖住在淮海之滨，后来受到楚庄王重用。他辅佐楚庄王治国安邦，使他成为春秋五霸之一。孙叔敖政绩赫然，主张以民为本，有杰出的政治军事才能。孙叔敖杀蛇的故事见于西汉刘向《新序》，古时候有传说，看见两头蛇的人一定会死，因此孙叔敖把它杀了埋起来，以绝后患。

送君百里 依依不舍

主角 羊祜

品读 德才兼备

羊祜（hù）返回洛阳，听闻当时郭奕正任野王县令。羊祜抵达野王县境内后，就派人去邀请郭奕，郭奕亲自过去相见。两人见面之后，郭奕赞叹说：“这个羊祜或许与我郭奕不相上下！”

之后，郭奕再次去羊祜住所拜访，坐了一会儿便回去，又赞叹说：“这个羊祜远超常人啊！”

羊祜离开时，郭奕前往送别，送了一整天，送出了几百里，最终因擅自离开自己的管辖县境而被免官。不过他仍旧赞叹说：“羊祜或许不逊于先贤颜回呢！”

郭奕出身太原郭氏，少年时期就已经鼎鼎有名，曾经得到过以识人著称的名士山涛的赞赏，说他“高简有雅量”。郭奕是魏晋时期的名臣，曾经辅佐教导过晋武帝的太子司马衷。太康年间，入朝为尚书。有“忠毅清直，立德不渝”的美名。他没见羊祜之前，一直觉得自己比羊祜优秀。后来，他前后见了羊祜三次，对羊祜的评价越来越高。最后一次见面时，郭奕为了给羊祜送行，被免官也不在乎。

这个小故事的写法很高明，自始至终对主角羊祜没有直接的表现，而是通过郭奕之口展现来羊祜的才能与人品，用郭奕的三次赞叹来塑造羊祜的形象。当时的羊祜虽是名门之后，但还没有什么政绩，郭奕仅仅见他三次，就能看出他的雄才大略，一方面说明羊祜的确出众，另一方面也表明郭奕有识人的本事。

羊祜，字叔子，出身于汉魏时期的名门望族泰山羊氏，父亲羊衜（dào）在曹魏时任太守，母亲是汉末名儒蔡邕的女儿，姨母是大名鼎鼎的才女蔡文姬，姐姐羊徽瑜是晋景帝司马师的第三任妻子，备受司马家族尊重，去世后被谥为“景献皇后”。羊氏各代都有名臣，皆以清廉有德著称。羊祜小时候就相貌俊美，气度非凡，被长辈寄予厚望，认为他将来“必建大功于天下”。他后来果然功成名就，成为著名的政治家和军事家。

羊公气度不凡啊，咱们不相上下！
郭奕
羊祜
羊公令人难忘，我要再去拜访他。
羊公风采远超常人啊，看来比我强！
羊公的才华太让人仰慕了，不逊于先贤颜回啊！

故事有出处

yáng gōng huán luò guō yì wéi yě
羊公①还洛，郭奕②为野
wáng lìng yáng zhì jiè qiǎn rén yāo zhī
王令。羊至界，遣人要③之，
guō biàn zì wǎng jì jiàn tàn yuē yáng
郭便自往。既见，叹曰：“羊
shū zǐ hé bì jiǎn guō tài yè fù wǎng
叔子何必减④郭太业！”复往
yáng xǔ xiǎo xī hái yòu tàn yuē yáng
羊许⑤，小悉还，又叹曰：“羊
shū zǐ qù rén yuǎn yǐ yáng jì qù guō
叔子去人远矣！”羊既去，郭
sòng zhī mí rì yì jǔ shù bǎi lǐ suì
送之弥日，一举数百里，遂
yǐ chū jìng miǎn guān fù tàn yuē yáng shū
以出境免官。复叹曰：“羊叔
zǐ hé bì jiǎn yán zǐ
子何必减颜子⑥！”

——《世说新语·赏誉第八》

小词典

①羊公：即羊祜，字叔子，西晋时期名臣。

②郭奕：字泰业（上文“太业”可能是谬误），西晋名臣，他是名将郭淮的侄子，也是西晋名将刘琨的舅父，官至尚书、雍州刺史，封平陵县男。

③要：通“邀”，邀请的意思。

④何必：不必，不见得。减：减色，逊色。

⑤许：住所。

⑥颜子：孔子的弟子颜回，勤奋好学，安贫乐道，是孔子最得意的学生。

学成语

想望风采

释义

非常仰慕某个人，很渴望见到一面。

用法

用作谓语，含褒义。示例：对于那些为国建功的英雄，人人都想望风采。

名人趣谈

以德服众

羊祜后来出任车骑将军和荆州都督，对阵东吴政权。在驻地襄阳，羊祜实施怀柔政策，对吴国百姓与军队很讲信义。羊祜的部下抓到吴军将领的孩子，他立即命人将孩子送回去。孩子的父亲感念他的恩情，率领手下前来投降。军队路过吴国边境，收割农民田里的稻谷充当军粮，然后留下绢布，照价偿还。这些做法让东吴民众心悦诚服，私下都尊称他为“羊公”。

知识拓展

纪念羊祜的“堕泪碑”

羊祜喜欢游览山水，天气好的日子，他经常到襄阳城南的岘（xiàn）山（今羊祜山）游玩，与人在此饮酒赋诗，畅快惬意。羊祜登山时感叹：“自古以来有多少贤达高士，都像我们一样，登山眺望游乐，但最终都湮没无闻了，想来真令人感伤。不过如果死后有知，我的魂魄仍会再次登上此山。”羊祜死后，襄阳百姓感怀他的仁德，为了纪念他，专门在他生前喜欢游览的岘山建庙立碑，这就是“羊公碑”。后来每逢时节，周围的百姓都会去庙里祭拜他，睹碑生情，怀念他的风度和品德，不禁在碑前流泪。西晋名臣杜预因此把这座碑称作“堕泪碑”。唐代诗人孟浩然写诗称赞道：“羊公碑尚在，读罢泪沾襟！”罗贯中在《三国演义》中写道：“松间残露频频滴，疑是当年堕泪人。”这些都是赞誉怀念羊祜的。

顾全大局
团结一致

主角 杜预 和峤

品读 顾全大局、同心协力

杜预前往荆州上任，在七里桥停留时，朝中的大小官员都来为他饯行。

杜预年少时期出身贫寒，为人行侠仗义快意恩仇，不被众人喜欢。杨济出身名门又有地位，无法忍受为杜预送行的行为，还没落座便离开了。

不久后，和峤（jiào）抵达，问别人：“杨济在哪里？”

客人说：“来过了，没落座就走了。”

和峤说：“他必定去大夏门下骑马了。”于是前往大夏门，杨济果然在那边观赏骑兵操练。和峤又抱又拽，将杨济拉入自己车内，共同坐车回到聚会，像刚来一样入座。

杨济出身名门又有地位，还是晋武帝的亲家，显赫一时。魏晋时期对家庭出身看得很重，眼见出身卑微的杜预官职高过自己，满朝大臣都为他送行，杨济便有些无法忍受，没落座就离开了。

黄门侍郎和峤为人正直，顾全大局，当时的人称赞他“有栋梁之用”。和峤抵达现场后，发现了杨济这种不礼貌的行为，特意去找到杨济，又把他拉了回来，避免了不愉快的场面。

杜预出身于关中士族家庭，父亲杜恕为人正直，曾任幽州刺史，后来因性格耿直遭到弹劾，被贬为庶人。杜预从小博览群书，酷爱阅读史书《左传》。但是，因为父亲的遭遇，其家族没落。司马昭上台后，杜预被重用。咸宁四年（278 年），征南大将军羊祜因病去世，遗书中推举杜预接替他的职务，镇守荆州。

和峤的行为，维护了大臣之间的团结。史书记载，杨济后来还作为杜预的下属合作共事。杜预出任征南大将军后，镇守荆州，积极备战，作为统帅之一，实现了全国统一。杨济则作为冠军将军，在杜预的指挥下参与了伐吴之战。

七里桥
杜预
我要去荆州上任了，多谢大家相送。
哼，真烦人，等下溜出去骑马解闷！
杨济
哼，看杨济这样子，估计又看不起人了！
和某来晚了。杨济怎么不见了？我去找他！
和峤
客人
你果真在这儿玩，快回去吧！同僚之间要团结一致！

故事有出处

dù yù zhī jīng zhōu dùn qī lǐ
杜预之荆州，顿①七里

qiáo cháo shì xī zǔ yù shào jiàn hào háo
桥②，朝士悉祖。预少贱，好豪

xiá bù wéi wù suǒ xǔ yáng jì jì míng
侠，不为物所许③。杨济④既名

shì xióng jùn bù kān bú zuò ér qù xū
氏雄俊，不堪，不坐而去。须

yú hé cháng yú lái wèn yáng yòu wèi
臾，和长舆⑤来，问：“杨右卫

hé zài kè yuē xiàng lái bú zuò ér
何在？”客曰：“向来，不坐而

qù cháng yú yuē bì dà xià mén xià pán
去。”长舆曰：“必大夏门⑥下盘

mǎ wǎng dà xià mén guǒ dà yuè qí cháng
马。”往大夏门，果大阅骑。长

yú bào nà chē gòng zài guī zuò rú chū
舆抱内⑦车，共载归，坐如初。

——《世说新语·方正第五》

小词典

①顿：停顿，停留。

②七里桥：地名，位于洛阳城东，西晋京城士人经常在此送亲友远行。

③不为物所许：不被大家所赞许。

④杨济：字文通，西晋官员。

⑤和长舆：即和峤，字长舆，魏晋时期名臣。

⑥大夏门：西晋时期洛阳的一座城楼。

⑦抱内：抱拽进去。内，通“纳”。

学成语

羞与为伍

释义

形容蔑视某人，觉得跟他在一起很羞耻。

用法

含贬义，用作谓语、定语。示例：对于不讲公德的人，我们羞与为伍。

名人趣谈

全能选手杜预

杜预是位“全面发展”的人才。史书记载，杜预对政治、经济、历法、法律、数学、历史和工程等方面都有所涉猎，而且懂得很多，当时的人们称他为“杜武库”，意指他博学多才，就好像武器库一样无所不有。而且，杜预是历史上罕见的文武全才，是明代之前唯一一个同时进入文庙和武庙的名士。杜预与张斐等人一起修订了《晋律》，后世有“张杜律”之称。杜预所撰写的《春秋左氏经传集解》，对后世研究《左传》具有十分重要的影响。

不同的嗜好

和峤在当时是一位大名鼎鼎的人物，他才华横溢、为政清廉，有盛名于世，却有吝啬的缺点。《晋书》中记载，外戚王济爱马如命，而和峤则爱钱如命，杜预经常说“王济有马癖，和峤有钱癖”。晋武帝司马炎有次问杜预：“天天说人家有这个癖好那个癖好，你有什么癖好？”杜预回答道：“臣有《左传》癖。”

这个家族了不起

主角 王衍家族

品读 人才济济

有人前去拜见王衍，遇到王戎、王敦、王导也在座；走到另一个房间去，又见到了王诩、王澄。回府后，他告诉别人说：“今天到王氏家族，看到的都是如珠宝美玉一般的名士。”。

琅邪王氏是古代最著名的家族之一，不仅出了很多著名的文臣武将，还有书法家、文学家等人才，可谓是群星璀璨。琅邪王氏自汉代登上历史舞台以来，陆续出现了很多名人，比如“弹冠相庆”的贡禹、“卧冰求鲤”的王祥，以及“争鸠舍生”的王览。到了东晋时期，琅邪王氏更加兴盛，经南北朝一直持续到隋唐时代，子弟众多，才俊辈出。

这个故事中出场的人物，可谓是琅邪王氏的黄金一代，每个人都是当时独当一面的风云人物。这里面有清谈领袖、文坛领袖、英雄豪杰，还有国家栋梁，用“琳琅满目”这个成语来形容还真是贴切。

太尉王衍，位列三公，在当时是一位风华绝代的清谈领袖，也是豪门士族之首，他将魏晋时期的清谈玄学推到顶峰。史书记载他“如瑶林琼树”，当时的人们称他为“一世龙门”。司徒王戎，位列三公，是“竹林七贤”之一，名声举世瞩目；王导和王敦是永嘉南渡后的东晋开国元勋，一个足智多谋，执政在内当丞相，一个能征善战，统兵在外做大将军。

王衍的兄弟王诩和王澄，也都是丰神俊朗的人物，王澄更是《世说新语》中的常客。他少年成名，不拘礼俗，被称为“当今名士也”，外表看似散漫，内里却勇力过人。王氏家族人才济济，后来的东晋朝堂上，大多数官员都与琅邪王氏有关，形成了“王与马，共天下”的局面。后世把琅邪王氏与陈郡谢氏合称“王谢”，被当作显赫世家大族的代名词。

王导
王敦
王戎
王衍
客人
果真都是名人俊才啊！
王澄
王诩
这两位也是了不起的才子！
今天我去王家，满眼看到的都是珠宝美玉啊。

故事有出处

yǒu rén yì wáng tài wèi
有人诣王太尉[1]，
yù ān fēng dà jiāng jūn
遇安丰[2]、大将军[3]、
chéng xiàng zài zuò wǎng bié
丞相[4]在坐；往别
wū jiàn jì yìn píng zǐ
屋，见季胤[5]、平子[6]。
huán yù rén yuē jīn rì
还，语人曰：“今日
zhī xíng chù mù jiàn lín láng
之行，触目见琳琅
zhū yù
珠玉。”

——《世说新语·容止第十四》

小词典

①王太尉：指王衍，字夷甫，西晋重臣，玄学清谈领袖，官至太尉。
②安丰：即王衍的堂兄王戎，字濬冲，三国至西晋时期名士、官员，“竹林七贤”之一。
③大将军：即王衍的堂弟王敦，字处仲，东晋大将军、权臣。
④丞相：即王衍的堂弟王导，字茂弘，小字赤龙，东晋开国元勋，著名政治家、书法家。后来官至丞相。
⑤季胤：王衍弟弟王诩的字。
⑥平子：王衍弟弟王澄的字，西晋官员、名士。

学成语

琳琅满目

释义

满眼望去都是美玉，形容各种美好的东西都堆在一起。

用法

含褒义，用作谓语、定语。

示例：展览会上琳琅满目的工艺品，令人目不暇接。

名人趣谈

王家子弟的关系

王家子弟之中，王戎跟兄弟之间感情很好，尤其欣赏王衍。晋武帝曾问王戎：“你觉得王衍怎么样，在当世有谁能跟他相比？”王戎回答说：“当世没见到可以和他相比的人，要从古代先贤中寻求才行。”后来王衍官居三公要职，任用弟弟王澄当荆州刺史，族弟王敦当青州刺史，朝中很多人对此不满。王敦年轻时精通《左传》，喜欢清谈，深得王戎的赞赏。但随着权势越来越大，王敦名声很高的时候，王戎却对他的行事作风十分不满。王敦每次要见王戎，王戎都推托有病不见。后来，王敦举兵叛乱，人们都说王戎见识过人。

知识拓展

琅邪王氏的后人

琅邪王氏不但在魏晋时期人才耀眼，后代中也不乏名人。有王导、王俭等在政治、军事方面取得辉煌成就的名人，也有很多在文学艺术上出名的书法家、画家、文学家，如“书圣”王羲之一家。南朝文学家、史学家沈约评价琅邪王氏：“自开辟以来，未有爵位蝉联、文才相继如王氏之盛者也。”

志不同 不相为友

主角 管宁 华歆

品读 淡泊名利、爱憎分明

管宁和华歆一同在菜园当中锄菜，忽然发觉地上有一片金子。管宁只管锄地，将金子像瓦块那样锄掉，华歆却将其捡起来看了一眼再扔了出去。

还有一次两人同坐一张座席读书，一位官员仪仗齐整地乘车从大门口路过，管宁专心致志只管读书，华歆却放下书本出门观看。于是管宁割开所坐的席子，两人分开来坐，并对华歆说：“你不是我想要交往的朋友。”

管宁和华歆二人对事物的不同反应，表现了他们对待金钱和权势的不同价值观。二人志向不同，因此断交。

管宁与华歆曾经关系很要好，所以二人才会一起种菜、读书。管宁看到金子、看到官员的仪仗队路过时都不为所动，有着坚定的意志和“贫贱不能移”的美好品德。

华歆的心态则相反。种菜时，见到地上有金子，表现出像常人一样的犹豫和心动，他立刻捡起金子，但马上记起圣贤遗训，又将黄金丢了出去。读书时，听到车马喧腾，看到高官贵族，也像凡人一样爱凑热闹，还流露出羡慕的神情。

二人性格、志向相去甚远，因此后来的人生轨迹也有很大不同。管宁不慕荣华，安贫乐道。后来隐居辽东教书育人，成为一代经学大家，只谈经典，不问俗事。辽东太守和当地的一些富豪给他赠送财物，他都没有接受。

华歆志向远大，他一心想治国平天下，后来积极出仕，辅佐曹操、曹丕、曹睿三代，拜相封侯。他还上书给皇帝，说管宁比他更加贤能，希望将官位让给他。不过管宁性喜恬静，不愿涉足官场，就推辞了。此后曹魏帝王数次征召他做官，管宁都不为所动。

地上有块金子啊……算了，还是安心锄草吧！
管宁
华歆
这是谁家的仪仗队，我看一眼就回去继续读书。
你不是我想要交往的朋友。席子割开，你看你的热闹，我读我的书！

guǎn níng huà xīn gòng yuán
管宁①、华歆②共园

zhōng chú cài jiàn dì yǒu piàn jīn
中锄菜，见地有片金，

guǎn huī chú yǔ wǎ shí bú yì huà
管挥锄与瓦石不异，华

zhuō ér zhì qù zhī yòu cháng tóng xí
捉而掷去之。又尝同席

dú shū yǒu chéng xuān miǎn guò mén
读书，有乘轩冕③过门

zhě níng dú rú gù xīn fèi shū
者，宁读如故，歆废④书

chū kàn níng gē xí fēn zuò yuē
出看，宁割席分坐，曰：

zǐ fēi wú yǒu yě
“子非吾友也！”。

——《世说新语·德行第一》

小词典

①管宁：字幼安，汉末三国时期著名的隐士。

②华歆，字子鱼，汉末至三国初年名士、曹魏重臣。

③轩冕：原指古时大夫以上官员才能使用的车乘和冕服。

④废：停止、舍弃。

学成语

管宁割席

释义

跟朋友绝交，再不来往。

用法

示例：他们原本是好朋友，后来闹僵了，结果是管宁割席。

名人趣谈

华歆拒赠

华歆性格宽厚，常常给人留情面。他做官从会稽返回都城的时候，很多人送礼物给他。华歆不想收，但如果直接拒绝，就会驳了对方的面子，甚至会让人怨恨。于是他先接受礼物，然后在礼物上做了记号。到了临走时，华歆借口路途遥远、带这么多财物恐怕沿路引人抢夺，让人们都把东西领回了。这样一来，既照顾了大家的颜面，又坚持了自己的廉洁操守，这就是“华歆拒赠”的典故。

坐席与友情

古人席地而坐，坐席也经常与友情联系在一起。南朝时期有一个孝子江革，从小丧父，对母亲非常孝顺。兵荒马乱的时候，江革背着母亲逃难，不仅要照顾母亲，还要防备盗贼抢劫，一日三餐都十分艰难，但江革恪守孝道，尽最大的力量照顾和保护母亲。当时的名士谢朓非常赏识他，有一天下着大雪，谢朓经过江革家门口，看到江革“敝絮单席，而学不倦”（身上穿着破烂衣物，坐在一张光竹席上，努力学习）。谢朓被深深打动，脱下身上的厚衣服为他披上，又将随身携带的毛毡割下一半，送给江革，让他晚上当作毯子盖在身上，能暖和一些。谢朓和江革的友谊，就这样成为千古佳话。后来江革做了大官，仍然不改正直清廉的作风，当时的人无不敬重他。

建功立业 匡扶天下

主角 刘琨 温峤

品读 深谋远虑、惺惺相惜

刘琨虽被外敌隔绝在北方，心里却只有晋室。他对属下温峤说：“班彪能意识到汉朝再度复兴，马援知道汉光武帝刘秀值得辅佐。如今晋朝的国运虽然衰弱，但是天命并未改变。我想在黄河以北建立功业，让你去江南扬名，你愿意走一趟吗？”

温峤说：“我虽然不太聪明，才能也比不上古代圣贤，可是明公您有着齐桓公、晋文公这样的才华，您让我来辅佐晋室完成中兴大业，我怎么敢推辞呢！”

汉赵攻破西晋首都长安，杀害了晋愍帝，西晋灭亡。刘琨的心中却仍然忠于晋室，他以班彪、马援的例子勉励温峤，派温峤到建康辅助琅邪王司马睿，温峤欣然同意。后来温峤南下协助司马睿登基，建立了东晋，出将入相，历经三帝，平定了王敦、苏峻的两次叛乱，成为东晋王朝的功勋之臣。他无愧于刘琨的嘱托。

刘琨一生起起伏伏，经历非常传奇。他年轻时就立下大志，在与好朋友祖逖（tì）一起担任司州主簿的官职时，二人志趣相投，常常在一起谈论建功立业的理想。当时社会不安定，朝政腐败、天下大乱，二人都希望为国家出力，做出一番事业。有一次半夜听到鸡叫，祖逖说："这是激励我们勤学上进的好声音啊！"二人就起床到屋外，在月光下一起舞剑，练习武艺。这就是成语"闻鸡起舞"的来源。

持之以恒的努力，让刘琨和祖逖成为了文武双全的国家栋梁。八王之乱时，中原动乱愈演愈烈，北方的匈奴王刘渊趁机起兵，建立了汉赵政权。这是十六国时期建立的第一个政权。危急时刻，刘琨仅带领一千余人到前线晋阳（今山西太原）抗击匈奴，发展生产，这就是刘琨被外敌隔绝在北方的原因。

刘琨
现在天下大乱，晋室南渡，根基不稳，得想办法啊！

温峤
您有匡扶天下的才华，您有什么计划，属下一定遵从！
好！我们学习前辈班彪、马援的精神，我留在黄河以北，你去江南。

故事有出处

liú kūn suī gé hé kòu róng zhì cún
刘琨①虽隔阂寇戎，志存
běn cháo wèi wēn jiào yuē bān biāo shí
本朝。谓温峤②曰：“班彪③识
liú shì zhī fù xīng mǎ yuán zhī hàn guāng zhī
刘氏之复兴，马援④知汉光之
kě fǔ jīn jìn zuò suī shuāi tiān mìng wèi
可辅。今晋祚虽衰，天命未
gǎi wú yù lì gōng yú hé běi shǐ qīng
改。吾欲立功于河北，使卿
yán yù yú jiāng nán zǐ qí xíng hū wēn
延誉于江南，子其行乎？”温
yuē jiào suī bù mǐn cái fēi xī rén
曰：“峤虽不敏，才非昔人，
míng gōng yǐ huán wén zhī zī jiàn kuāng
明公⑤以桓、文⑥之姿，建匡
lì zhī gōng qǐ gǎn cí mìng
立⑦之功，岂敢辞命！”

——《世说新语·言语第二》

小词典

①刘琨：字越石，西晋时期杰出的政治家、文学家、音乐家和军事家。
②温峤：字泰真，一作太真，东晋时期著名政治家、军事家。
③班彪：字叔皮，东汉著名史学家、文学家。
④马援：字文渊，东汉初年名将。曾辅佐汉光武帝屡建战功，建立东汉，拜伏波将军。
⑤明公：旧时对有名位者的尊称。
⑥桓、文：指春秋五霸中的齐桓公、晋文公。
⑦匡立：指辅助皇帝，扶立天子。取齐桓公“九合诸侯，一匡天下”的意思。

学成语

匡合之功

释义

春秋时期齐桓公称霸华夏、让混乱的政局得以安定，即“九合诸侯，一匡天下”。指治理国家的功劳。

用法

示例：历史进程是人民的力量推动的，并非历代帝王的匡合之功。

名人趣谈

齐桓公和晋文公

温峤提到的“桓、文”，是春秋五霸中的齐桓公和晋文公。齐桓公任用管仲为相，推行军政合一、兵民合一，让齐国的国力日渐兴旺。史书上记载他“九合诸侯”，向北攻打少数民族山戎，向南讨伐自立为王的楚国，最终成为春秋时期第一个诸侯霸主。晋文公任用贤才，推行通商宽农、明贤赏功等政策，让晋国国力大增，后来成为春秋五霸中的第二位霸主。温峤认为刘琨是匡扶晋室中兴的人物，所以用齐桓公和晋文公跟他相比，这是极高的评价。

促进国家统一的班彪、马援

班彪是东汉著名史学家、文学家，学博才高。西汉末年，王莽专权，天下大乱，班彪写了《王命论》，劝说在陇西建立割据势力的隗嚣归依汉室，但结果未能如愿。班彪到了凉州后，又劝说割据西北的大将军窦融支持光武帝刘秀，这对东汉的统一是有功的。后来，班彪投靠刘秀，撰写《后传》，为促进统一和东汉复兴建言献策。马援是东汉的开国功臣，任伏波将军，史称“马伏波”。他追随刘秀西破陇羌、南征交趾、北击乌桓，为东汉王朝立下汗马功劳，受到当世和后人的尊敬。

智勇双全 直言进谏

主角 王导

品读 敢直言、有魄力

晋元帝司马睿登基以后，由于十分宠爱郑妃，一度想舍弃太子司马绍而改立郑妃的儿子司马昱（yù）为皇储。当时的人们都认为废长立幼不合伦理，而且太子司马绍聪慧清亮、英武果断，更适合作为储君。周颉（yǐ）和王导等诸位重臣一起为司马绍苦苦争取，言辞恳切，唯独刁协想以奉迎少主来谄媚晋元帝。

晋元帝想废立太子，又担心周、王等人不遵从命令，于是先召唤周颉和王导入宫觐见，然后计划把诏书交给刁协，趁着两人不在时公布。周颉和王导进入皇宫之后，刚走到台阶之上，晋元帝事先安排传诏的使者阻拦他们，让两人先去东厢房等候。周颉还没理解到底是怎么回事，就退下台阶。王导一把推开传诏使者，径直走到晋元帝御床前，问：“不知陛下为什么召见我们？”晋元帝默默无语，只好将怀中的黄纸诏书掏出来撕碎扔掉。

自此，太子的地位方才稳固下来。周颉事后惭愧地感叹道：“我平时总觉得自己胜过王导，如今才知道比不上他呀！”

历朝历代，废立太子都是十分敏感的话题，皇帝依个人好恶随意改变储君，往往导致朝廷动乱。这时就体现出大臣的担当，一般的臣子都不敢参与这种事。东晋三朝元老王导却直截了当地插手了立储问题，不仅扫了皇帝的面子，还大获全胜，令人感叹。

司马睿要换掉太子司马绍，一个原因是他宠爱郑妃，希望郑妃的儿子司马昱能够成为接班人；另一个原因可能是他嫌弃司马绍的母亲有鲜卑血统。然而司马绍很得人心，朝廷大臣们都反对更换太子。朝廷中有两位耿直的重臣周颉和王导坐镇，如果他们不奉诏，皇帝的计划就很难实现。无奈之下，司马睿想用调虎离山之计支开周、王二人，偷偷发布诏书，不料王导警惕性很高，看穿了皇帝的想法，直接把问题挑明，最终皇帝也不得不让步。

父皇对我真好！
司马昱
晋元帝
郑妃
废长立幼不合伦理，是取祸之道，我们要阻止陛下！
周颉
王导
刁协
我要去见陛下！
皇上让你们先去东厢房候着……
传诏使者
朕知道你的来意，算了，太子不换人了！
王导智勇双全，我如今才知道自己比不上他呀！

故事有出处

yuán huáng dì jì dēng zuò yǐ zhèng hòu zhī chǒng yù
元皇帝既登阼①，以郑后之宠，欲
shě míng dì ér lì jiǎn wén shí yì zhě xián wèi shě zhǎng
舍明帝②而立简文③。时议者咸谓舍长
lì shào jì yú lǐ fēi lún qiě míng dì yǐ cōng liàng yīng
立少，既于理非伦④，且明帝以聪亮英
duàn yì yí wéi chǔ fù zhōu wáng zhū gōng bìng kǔ
断，益宜为储副⑤。周、王⑥诸公并苦
zhēng kěn qiē wéi diāo xuán liàng dú yù fèng shǎo zhǔ yǐ ē
争恳切，唯刁玄亮⑦独欲奉少主，以阿
dì zhǐ yuán dì biàn yù shī xíng lǜ zhū gōng bú fèng zhào
帝旨。元帝便欲施行，虑诸公不奉诏，
yú shì xiān huàn zhōu hóu chéng xiàng rù rán hòu yù chū zhào fù
于是先唤周侯、丞相入，然后欲出诏付
diāo zhōu wáng jì rù shǐ zhì jiē tóu dì nì qiǎn chuán
刁。周、王既入，始至阶头，帝逆遣传
zhào è shǐ jiù dōng xiāng zhōu hóu wèi wù jí què lüè xià
诏遏，使就东厢。周侯未悟，即却略下
jiē chéng xiàng pī bō chuán zhào jìng zhì yù chuáng qián yuē
阶。丞相披拨传诏，径至御床前，曰：
bù shěn bì xià hé yǐ jiàn chén dì mò rán wú yán
“不审陛下何以见臣？”帝默然无言，
nǎi tàn huái zhōng huáng zhǐ zhào liè zhì zhī yóu cǐ huáng chǔ shǐ
乃探怀中黄纸诏裂掷之。由此皇储始
dìng zhōu hóu fāng kǎi rán kuì tàn yuē wǒ cháng zì yán shèng
定。周侯方慨然愧叹曰：“我常自言胜
mào hóng jīn shǐ zhī bù rú yě
茂弘，今始知不如也！”

——《世说新语·方正第五》

小词典

①阼：本意指大堂前东面的台阶。也指封建帝王登基。

②明帝：指晋明帝司马绍，字道畿。他是晋元帝司马睿的长子，也是东晋的第二位皇帝。

③简文：指简文帝司马昱，字道万，东晋第八位皇帝。

④于理非伦：不能被伦理道德允许。在当时的宗法制度下，立嗣要立嫡长子，“舍长立少”不合乎礼法。

⑤储副：即皇太子，下文也称皇储。

⑥周、王：指周𫖮、王导，也就是下文的周侯、丞相。

⑦刁玄亮：刁协，字玄亮，东晋大臣。

学成语

默然无语

释义

保持沉默、一句话也不说。

用法

示例：经过老师的教导，小丽明白了自己的错误，默然无语。

名人趣谈

三朝元老王导

多亏了王导费尽心思的辅佐，司马睿去世后，司马绍顺利继位为晋明帝。可惜司马绍没当多久皇帝就去世了，幼主晋成帝司马衍继位，受命辅政的王导成为三朝元老，位极人臣。王导年老后体弱患病，不能出席朝会，成帝就亲自去他府中，十分敬重。自汉、魏以来，臣子不能去祭拜皇帝的陵墓，由于王导和司马家亲密得如同一家人，每一次晋成帝提拔封赏，王导都到陵前拜祭，十分哀痛。于是皇帝下诏允许百官祭拜帝王的陵墓。咸康五年（339 年），王导病逝，终年六十四岁。他的丧礼比照汉代大司马霍光及安平献王司马孚的规格操办，十分隆重。东晋一朝的臣子，没人能比他的丧礼更隆重。

知识拓展

“郑后”并不是皇后

文章中对郑妃的称呼是“郑后”，其实郑妃并没有做过皇后。郑妃是司马睿的妃子，受封夫人，他的儿子司马昱当时未能当上太子，但等到晋明帝、晋成帝、晋康帝、晋穆帝、晋哀帝、晋废帝纷纷退出历史舞台之后，司马昱最终登基为晋简文帝。后来，司马昱的儿子孝武帝司马曜上台后，追尊其祖母郑妃为太后，史称简文宣太后。

大咖的朋友圈

主角 王敦

品读 自信满满

大将军王敦东下京城建康，庾亮问他：“听说您有四位好友，都是哪几位呢？”

王敦回答：“您家的中郎庾敳（ái）、我家的太尉王衍、再加上阿平（王澄）和胡毋（wú）彦国（辅之）。四人中阿平应当是最差的。”

庾亮说：“他好像未必就一定是最差的吧。”

庾亮又问：“那谁是其中最好的呢？”

王敦说：“自然有人是最好的。”

庾亮又追问：“到底是谁呢？”

王敦说：“哎呀！这件事自然会有公论。”旁边随从踩了庾亮一脚，庾亮才停止追问。

王敦，字处仲，出身名门琅邪王氏，有俊秀爽朗的名声。王敦自认为是朋友圈内最优秀的，于是就有了与庾亮的对话。王敦十分自信，有一次，晋武帝司马炎召来名流才子谈论才艺，在座的人都积极表现，王敦却一副事不关己的样子，说自己只懂打鼓。晋武帝令他演奏，王敦旁若无人地奋力击鼓，神情豪爽，气质昂扬。在场的人们都感叹王敦有雄武豪迈的气质。

西晋末年，天下大乱，王敦成为琅邪王司马睿倚重的大将，手握重兵，权势越来越大。王敦自认为是一代豪杰，身边的亲戚、朋友也都是当世俊才。曾经与他交好的有四位亲朋，其中太尉王衍是他的族兄，曾推荐他做青州刺史、拜广武将军。

可惜在永嘉之乱中，王衍与庾敳都被石勒所杀。东晋建国后，王敦逐渐专权，开始猜忌众人，派人杀害了王澄，又暗中忌恨庾亮。

后来王敦起兵叛乱，庾亮为左卫将军参与平叛。王敦之乱平定后，朝廷论功行赏，庾亮被封为永昌县开国公。庾亮不敢居功，数十次上疏推辞。此时胡毋辅之也已经去世多年，曾经在一起谈论世事的朋友，只有庾亮仍然在世。

随从
听说您有四位好友，都有谁呢？
王敦
庾亮
庾敳、王衍、王澄和胡毋辅之。其中王澄最差……
其中谁是最好的呢？哎……我的脚！
哎呀！谁最好，自然会有公论……

故事有出处

wáng dà jiāng jūn xià yǔ gōng
王大将军①下②，庾公③
wèn wén qīng yǒu sì yǒu hé zhě
问："闻卿有四友，何者
shì dá yuē jūn jiā zhōng láng wǒ
是？"答曰："君家中郎、我
jiā tài wèi ā píng hú wú yàn guó
家太尉、阿平、胡毋彦国④。
ā píng gù dāng zuì liè yǔ yuē sì
阿平故当最劣。"庾曰："似
wèi kěn liè yǔ yòu wèn hé zhě jū
未肯⑤劣。"庾又问："何者居
qí yòu wáng yuē zì yǒu rén
其右⑥？"王曰："自有人。"
yòu wèn hé zhě shì wáng yuē
又问："何者是？"王曰：
yī qí zì yǒu gōng lùn zuǒ yòu
"噫！其自有公论。"左右
niè gōng gōng nǎi zhǐ
蹑⑦公，公乃止。

——《世说新语·品藻第九》

小词典

①王大将军：指王敦，字处仲，东晋大将军、权臣。
②下：东下京城建康。王敦的军队驻扎在长江上游，京师建康（今江苏南京）位于下游。
③庾公：指庾亮，字元规，东晋时期名臣、名士。
④君家中郎、我家太尉、阿平、胡毋彦国：君家中郎指庾敳，与庾亮同族。我家太尉指王衍，与王敦同族；阿平指王澄，字平子。胡毋彦国，复姓胡毋，名辅之，字彦国。
⑤肯：肯定，一定。
⑥右：最好的。古人把右边视为最尊贵的位子。
⑦蹑：用脚踩。

学成语

自有公论

释义

世人对事情的是非曲直，自然会有公正的评论。

用法

用作谓语、定语。示例：与其陷入无尽的争辩，不如用事实的发展来证明，到时候是非自有公论。

名人趣谈

蜂目豺声

据说王敦年轻时，大臣潘滔曾对他说：“你的蜂目已露，但豺声还未发。今后阁下一定会吃人，但最终也一定会被别人吃掉。”这也就是著名的“蜂目豺声”之相，意思是眼睛像胡蜂、声音像豺狼，是凶残之相。史书中还有两个人得到过这种评价，一个是春秋时期的楚国世子商臣，另外一个是西汉时期的王莽，两人都曾经叛乱造反。

知识拓展

左、右的尊卑变化

早在商周、秦汉时，我国的各种礼仪以“右”为尊，所以当时的王族贵亲都称为“右”戚，而世家大族也称为“右族”或“右姓”。在城区规划和建筑方面，豪门世家居住在城中的右侧，而平民百姓则居住于左侧。在官场上，也是以“右”为尊，官职地位稍高一些的称为右，《史记·廉颇蔺相如列传》：“以相如功大，拜为上卿，位在廉颇之右。”意思是说，蔺相如的“上卿”官位比廉颇的高。而“左迁”则表示贬官。

到了后世，又逐渐有了变化，明代以“左”为尊，清代也沿用这一习惯。现在很多戏剧舞台上演出古典戏曲，扮演宾客和长辈的人总是坐在左侧，反映出明清以来以“左”为尊的礼仪。

不可一日无竹

主角 王徽之

品读 不可无竹、个性张扬

王徽之，字子猷（yóu）。曾经暂住在别人的空房子里，随即让家人在院中种竹子。

有人问他：“你只是暂时住在这里，何必这样麻烦！”

王徽之吟唱了一会儿，指着竹子说道：“怎么可以一天没有这位先生（指竹子）！”

书圣王羲之的儿子王徽之生性高傲、放诞不羁。他十分喜欢竹子，甚至可以称得上是“竹痴”。竹子劲挺有节，经常被用来比喻君子，可惜它不能像盆栽一样携带方便。即便这样，王徽之在借住他人住宅之时，还要特地让人为他种竹子。其他人不理解，认为他并不在这里长住，为何要做这种费时费力的事情。王徽之却表示，他一天都不能没有竹子这位“朋友”。从中可见他对竹子的痴迷。

王徽之十分有才华，崇尚当时盛行的名士风气，所以对于竹子格外喜爱。古代有些人标榜自己喜欢高雅的事物，只是为了附庸风雅，一旦不流行了便抛在一边。而王徽之对竹子的喜爱并非如此，他崇尚竹子代表的高尚气节。史书评价他“卓荦（luò）不羁”，意思是性情高远、不受世俗羁绊，甚至有些不合群，这恰好与竹子的习性相合。

在生活中，王徽之的不俗气质是发自内心的。他不喜官场束缚，在桓冲属下当官的时候，不修边幅，不问俗事。据说有一次外出，天上突然下起了雨，王徽之就随意挤进桓冲的车里躲雨。即便如此，不久之后他还是辞官归隐了。

很多名士欣赏王徽之自由散漫的气质，如桓伊（桓子野）、郗恢（郗道胤）、戴逵（戴安道）等。桓伊曾亲自上船为王徽之吹笛、郗恢放任王徽之拿走自己的毛毯毫不在意、王徽之雪夜访问戴逵却在门口径自返回，这些故事长久流传下来，已经成为代表魏晋风气的佳话。

大家加把劲，今天把竹子都种好。
家人
王徽之
客人
您只是暂住这里，何必这么麻烦？
竹子是我的“朋友”，我一天都离不了它啊。

故事有出处

wáng zǐ yóu cháng zàn jì
王子猷①尝暂寄②
rén kōng zhái zhù biàn lìng zhòng
人空宅住，便令种
zhú huò wèn zàn zhù hé fán
竹。或③问："暂住何烦
ěr wáng xiào yǒng liáng jiǔ zhí
尔④？"王啸咏良久，直
zhǐ zhú yuē hé kě yí rì wú
指竹曰："何可一日无
cǐ jūn
此君⑤？"

——《世说新语·任诞第二十三》

小词典

①王子猷：王徽之，字子猷，王羲之的第五子，东晋时期书法家。

②寄：依靠，依附。这里是借住的意思。

③或：有人。

④尔：这，这样。

⑤此君：梅、兰、竹、菊并称为"四君子"，所以这里用"君"来代称竹。

学成语

不可或缺

释义

形容非常重要、必不可少。

用法

用作定语等。示例：传统文化知识是我们不可或缺的精神财富。

知识拓展

“花中四君子”——梅兰竹菊

“花中四君子”指的是梅花、兰花、竹子、菊花。这四者是中国人感物喻志的象征，也是咏物诗和文人画中最常见的题材。四君子各有特色：梅花是“花中四君子”之首。它有着“凌寒独自开”的孤傲，在寒风中傲然挺立，是为高洁志士；兰花在空谷中幽放，孤芳自赏，不取媚于人，是为世上贤达；竹四季青翠，凌霜傲雪，筛风弄月，清雅淡泊，是为谦谦君子；菊花兼有烈士与高士的两种品格，不屈不挠，遗世独立，凌霜飘逸，不趋炎附势，常被用来比喻世外隐士。此外，古人称耐寒的松、竹、梅为“岁寒三友”，在传统文化常用来比喻高尚的情操。

“宁可食无肉，不可居无竹。”

这句诗出自北宋著名文学家苏轼的《于潜僧绿筠轩》，意思是宁可没有肉吃，也不能让居住的地方没有竹子。这一句正是苏轼在引用王徽之“何可一日无此君”的典故。表面上看，这首诗是诗人在赞扬潜僧的品性风雅高洁，本质上是说人不能放弃自己高尚的节操。诗的下一句“无肉令人瘦，无竹令人俗”则进一步向大家说明了这句话的内涵。这首诗不仅赞赏了潜僧，赞扬了竹子，同时也告诉世人要保持自身的气节，不要沉迷于物欲。

夸人风姿的新高度

主角 嵇康 山涛

品读 风度、气质、容貌

嵇康身高七尺八寸，风度和容貌都很出众。

看到嵇康的人都感叹说：“这嵇康真是举止潇洒，旷达自如，清爽明朗，清健挺拔啊。”

有的人说：“清健挺拔的嵇康，就好像是在那松林间穿林而过的清风，如此高远且舒缓悠长。”

山涛说：“嵇康的为人，正直得就像那傲然挺立的孤松；他喝醉的时候，那巍峨的姿态就像是快要崩塌的玉山。”

对人风貌姿态的赞美，不只是外形高大、英俊，还要有潇洒的仪态和气质。人们用孤松、玉山比喻嵇康，更是隐喻了他的独立人格，赞美他不随波逐流的自由个性。

嵇康是我国古代有名的美男子，历史上有不少赞美嵇康容貌的诗篇。凡是见到嵇康的人都被他的容貌和气质所征服，忍不住夸赞嵇康的行为举止。有人将嵇康比作是松林间穿行的清风，感叹其气质高远旷达。嵇康的朋友山涛与嵇康相交多年，对嵇康更是了解，他直接把嵇康的人品比成孤松，用将要倒塌的玉山比喻他喝醉时的仪态。

众人的夸奖技巧可谓是一山更比一山高，无论是直接夸赞还是通过比喻来夸赞，都将嵇康的风采描述得惊为天人，想让人亲眼看看，一睹芳容。全篇未见“帅”“俊”这样的字眼，却将嵇康俊逸脱俗的形象展现得淋漓尽致，这夸人的技巧和生动的比喻很值得我们借鉴。

但嵇康身上更值得我们注意的，不仅仅是他俊朗的外貌，还有他洋溢的文采、丰盈的精神世界，以及他所创造的艺术成就，这些都值得我们去一一探究，细细品味。

嵇康
稽康真是举止潇洒，清健挺拔啊！
嵇康的风度就像松林间的清风，舒缓悠长啊！
嵇康平时就像傲然的孤松，喝醉的样子就像是玉山摇摇欲坠。
山涛

故事有出处

jī kāng shēn cháng qī chǐ bā
稽康①身长七尺八
cùn fēng zī tè xiù jiàn zhě tàn yuē
寸②，风姿特秀。见者叹曰：
xiāo xiāo sù sù shuǎng lǎng qīng jǔ
“萧萧肃肃，爽朗清举③。”
huò yún sù sù rú sōng xià fēng gāo
或云：“肃肃如松下风，高
ér xú yǐn shān gōng yuē jī
而徐引④。”山公⑤曰：“嵇
shū yè zhī wéi rén yě yán yán ruò gū sōng
叔夜之为人也，岩岩若孤松
zhī dú lì qí zuì yě kuǐ é ruò yù
之独立；其醉也，傀俄若玉
shān zhī jiāng bēng
山之将崩。”

——《世说新语·容止第十四》

小词典

①嵇康：字叔夜，三国时期曹魏思想家、音乐家、文学家。
②七尺八寸：按南北朝时期的尺寸计算，一米八左右。
③清举：清健挺拔。
④徐引：舒缓悠长。
⑤山公：山涛，字巨源，魏晋时期名士、政治家。

学成语

玉山将崩

释义

比喻身体摇摇欲坠的样子。玉山，形容人的身形俊逸美好。

用法

中性词，用作宾语、定语，常用在比喻句中。示例：他喝醉时的样子，有如玉山将崩。

名人趣谈

嵇康与山涛

嵇康和山涛都是魏晋时期著名的文人，一同位列“竹林七贤”之中。山涛虽然比嵇康大了十几岁，他却是最了解嵇康的人，他们的友谊可歌可泣。

在嵇康因为得罪了司马集团而将被处死之时，临刑前他给儿子嵇绍说：“巨源（山涛）在，汝不孤矣。”意思就是，有山涛在，他一定会照顾好你，不必担心。嵇绍成年后，山涛上奏晋武帝说：“父子罪不相及。”并举荐嵇绍做官。嵇绍被晋武帝启用后，正直忠心、不畏权贵，得到朝廷重用，成为一代名臣。这就是“嵇绍不孤”的典故。

奇怪的爱好——打铁

你能想到像嵇康这样一个俊逸脱俗的文人会去打铁吗？

嵇康确实是擅长打铁，他的铁匠铺就开在一棵巨大的柳树下，在他打铁时，他的好朋友向秀会过来帮他拉风箱。当时的人们也很好奇，一个文人到底会不会打铁，因此，每当嵇康打铁时就会有很多人围观。嵇康给别人锻打东西从不收钱，若是有人以酒相酬，他会欣然接受，且十分满足地坐在柳树下，与对方把酒言欢。

世说新语 好好读

王颖 编著

处世篇

中国轻工业出版社

前言

《世说新语》是南朝宋刘义庆组织编写的文言志人小说集，其主要记载了东汉后期到魏晋时期的名人言行与轶事。这本书故事性很强，书中的人物往往有鲜明的个性特点。书中人物的描写手法对孩子们的写作很有启发性。言简意赅的语言、动作、神态描写，让人物形象栩栩如生、跃然纸上。如“忿狷”中王述吃鸡蛋的描写就非常传神。他先用筷子插，插不破就“举以掷地”。鸡蛋在地上转圈的时候，羞怒交加的王述狠狠地“下地以屐齿蹍之”，结果又失败了。接连吃亏的他瞪大眼睛（瞋甚），将鸡蛋拾起来用嘴咬破，然后立马吐出来（即吐之），这段描写非常传神地再现了王述“急如火”的性格特征。

自由豪放、追求自我是魏晋名士处世的“标签”。如王徽之“雪夜访戴”的故事——王徽之居住在山阴的时候，他大雪之夜睡不着觉，想起了好友戴逵。于是他心动不如行动，立刻驾船前往，花了一夜时间，即将到达戴逵府邸的时候，却掉头回去了，“造门不前而返”。别人问他缘故，他说“吾本乘兴而行，兴尽而返，何必见戴！”非常洒脱。

洒脱的名士不止王徽之一人。一次王徽之坐船进京，听说善于吹笛的桓伊从岸上经过。两人素昧平生，王徽之却直接派人去找桓伊，说："闻君善吹笛，试为我一奏。"这在当时是非常不礼貌的行为。没想到桓伊身份显赫，却毫不在意，"即便回下车，踞胡床，为作三调"。演奏完毕后，"便上车去"，从头到尾，这两位洒脱的名士一句话都没说（不交一言）。

本篇的内容表现了许多名士的处世之道。有豪放豁达的英雄人物：感叹世事无常、岁月沧桑的枭雄桓温；不畏强权、超凡脱俗的名士嵇康。有相知相亲的好朋友：洒脱不羁、心投意合的王徽之和桓伊；批襟解带、志同道合的王羲之和支道林。也有蔑视礼法、独善其身的隐士：借酒避世、物我两忘的刘伶；放浪形骸、不流世俗的阮籍。

作为文学小说，《世说新语》的创作中，有一些内容借助了历史人物，又有所演绎。如"代人捉刀"的故事中，曹操让崔琰作为替身，而历史上曹操进爵魏王那一年，崔琰因惹怒曹操被赐死，所以曹操不大可能在重要的场合让他代替自己接见匈奴使者。因此，我们可以将《世说新语》当作一本对历史有参考意义的文学作品，而不能把它看作史书。

义务教育教科书《语文》九年级上册，在"名著导读"中推荐了《世说新语》，介绍了桓伊为王徽之吹笛的故事。除此之外，书中还有哪些名士处世的有趣故事？我们一起读一读吧！

目录

兴致来了，想走就走

主角 王徽之

品读 行事洒脱、做事随性

王徽之隐居在山阴时，某个大雪之夜，他睡醒之后打开屋门，命令家人备酒畅饮。他眺望四周，大雪遍地，一片洁白，他徘徊良久，吟咏起左思所作的《招隐》诗。

忽然间，王徽之想起好友戴逵。当时戴逵居住在剡（shàn）县，王徽之立即坐上小船去拜访他。船行驶了一整夜才到达戴家，王徽之到了戴家大门口却没有进去，反而转头回家了。

后来有人问王徽之为什么这么做，王徽之说：“我本来就是一时兴起，乘兴而往，感觉尽兴了就回，为什么一定要见到戴逵呢！”

王徽之在《世说新语》中多次出现，他长期隐居在山阴。戴逵，字安道，是东晋时期的隐士、书画家、音律家，隐居在不远的剡县，与王徽之是知交好友。

戴逵一身傲骨，一生不曾出仕，是真正的隐士。有一年，官任太宰的武陵王司马晞，听闻戴逵的音乐才能，就派人请他去王府表演。戴逵深以为耻。他当着武陵王使者的面，砸碎了自己的乐器，并斥责道：“我不是王府的戏子！”

有一次，夜降大雪，王徽之忽然来了兴致，饮酒吟诗之际，想起自己与戴逵好些日子没见了，于是连夜坐小船到戴家拜访，可是到了目的地却掉头返回，真正做到了“乘兴而行，兴尽而返”。二人隐居期间经常往来，他们不被礼法束缚，独钟于情，称得上是知心朋友。

这篇文章的精髓在于“兴”：王徽之因夜雪而起“兴”，随之开门赏雪、饮酒吟诗、连夜访戴，这一切都是因“兴”而起，又因“兴尽”而返。一时而起的兴致，是心中突然产生的兴趣和冲动，是王徽之潇洒行为的动因，是文人名士的灵感源泉，也是这篇文章的魅力所在。

好雪啊！饮酒吟诗，岂不快哉！
王徽之
雪景如此美妙，我要去找戴安道同赏！
终于到了戴宅，我们靠岸吧？
不必靠岸，回去吧。我已经尽兴了。

故事有出处

王子猷居山阴。夜大雪，眠觉，开室，命酌酒。四望皎然，因起彷徨，咏左思①《招隐》诗。忽忆戴安道。时戴在剡②，即便夜乘小船就之。经宿方至，造门不前而返。人问其故，王曰："吾本乘兴而行，兴尽而返，何必见戴！"

——《世说新语·任诞第二十三》

小词典

①左思：字太冲，西晋著名文学家。

②剡：剡县，古县名，西汉开始设置。

学成语

乘兴而来

释义

趁着一时的兴致过来。

用法

示例：小浩今天爬山，乘兴而来，兴尽而返，一天都非常高兴。

知识拓展

招隐诗

“招隐诗”原本是指西晋时以“招揽隐士”为主题的诗作。左思创作的《招隐》诗，却描写了隐士高雅的日常生活，以及美好的自然环境，表达了不愿与世俗同流合污的决心和夙愿。《招隐》诗迎合了当时很多名士想要隐居的心态，如文中提到的王徽之，就深受《招隐》诗的影响。历史上还有一些著名的招隐诗作者，比如西晋著名文学家陆机、张载，都曾通过这种诗歌表达了对隐士生活的向往。

名人趣谈

戴逵隐逸不仕

王徽之隐居在山阴时，与隐士戴逵志同道合，经常往来。戴逵博学多才，是著名的画家和音乐家。戴逵的祖父、父亲、哥哥都是晋朝的重臣，戴逵却淡泊名利，一生隐居不愿意做官。晋孝武帝曾经派人带了礼物到剡县，希望戴逵能出山为官，并许诺封他为散骑常侍，国子博士。戴逵却推脱道：“我的老父身体病弱，已是气息奄奄，还不知道能活几日。我尽孝时日苦短，希望皇上可怜我，收回成命吧。”太傅谢安曾问他哥哥戴逯（lù）：“你们兄弟二人，志向和事业为什么会相差那么大呢？”戴逯说：“因为我不能忍受隐居的那种清苦，而我家兄弟是不愿改变他隐居的乐趣。”

知音相交，不发一言

主角 王徽之

品读 率性而为、超凡脱俗

王徽之乘船进京，将船停泊在码头还没有上岸。

王徽之曾听说过桓伊擅长吹笛，但是不认识他。这时恰好桓伊从岸上经过，王徽之在船里听到有个认识桓伊的客人说，那正是桓伊。于是王徽之便派人前往传话，请桓伊为他吹奏一曲。

桓伊当时已经做了大官，也听说过王徽之的名声，他立刻掉头下车，上船坐在马扎上，为王徽之吹了三支曲子。

吹完笛子，桓伊就上车走了。宾主之间没有说一句话。

这个故事通过写桓伊为王徽之吹笛，既表现出桓伊超高的音乐才华，也展现了魏晋南北朝时期名士率性而为、超凡脱俗的风度。

王徽之，字子猷，是王羲之的第五子，也是东晋名士和书法家。王徽之自幼追随父亲学习书法，其书法成就在王氏兄弟中仅次于其弟王献之。桓伊，字子野，富有军事才略，是东晋著名将领和音乐家，有“笛圣”之称。两人看似毫无交集，却早已惺惺相惜。

桓伊当时虽然已经是大官，但他不以显贵地位自矜自傲，一直保持淡雅洒脱的襟怀，欣然以笛音会知音。文章中把这种高洁的志趣和惺惺相惜的情感刻画得生动感人，令后人心向往之。

文章最后写道：“客主不交一言”。桓伊吹完三首乐曲后，立刻就离开了，不求赞赏，也不在乎别人怎么评价。而王徽之听完后也完全沉浸其中，没有言语。两人未说一句话，却已经通过音乐达到了心灵互通，这也是知音的最高境界。

听说桓子野正从岸上经过。
那就请他过来吹奏一曲吧。
王徽之
是王子猷在船上吗？我这就过去。
桓伊
不用言语，有一知音惺惺相惜，神交足矣。

故事有出处

wáng zǐ yóu chū dū shàng zài zhǔ
王子猷出都①，尚在渚
xià jiù wén huán zǐ yě shàn chuī dí ér
下。旧闻桓子野②善吹笛，而
bù xiāng shí yù huán yú àn shàng guò wáng
不相识。遇桓于岸上过，王
zài chuán zhōng kè yǒu shí zhī zhě yún shì
在船中，客有识之者，云是
huán zǐ yě wáng biàn lìng rén yǔ xiāng wén
桓子野。王便令人与相闻，
yún wén jūn shàn chuī dí shì wèi wǒ yī
云："闻君善吹笛，试为我一
zòu huán shí yǐ guì xiǎn sù wén wáng
奏。"桓时已贵显，素闻王
míng jí biàn huí xià chē jù hú chuáng
名，即便回下车，踞胡床③，
wèi zuò sān diào nòng bì biàn shàng chē
为作三调④。弄毕，便上车
qù kè zhǔ bù jiāo yī yán
去。客主不交一言。

——《世说新语·任诞第二十三》

小词典

①出都：到京都去。出，到，至。

②桓子野：名桓伊，字叔夏，小字子野，谯（qiáo）国铚（zhì）县（今安徽濉（suī）溪县）人。曾任淮南太守、豫州刺史等。

③胡床：一种可以折叠的轻便坐具，也被称为交床或交椅。因其从胡地传入，所以被称为胡床。

④三调：三支曲子，也有人认为是泛音曲调出现三次。原曲已失传，根据明代古琴谱《神奇秘谱》记载，桓伊的笛曲被后世改编成《梅花三弄》。

学成语

桓伊三弄

释义

指《梅花三弄》，常用来表现清新淡雅、自然幽静的意境。

用法

示例：北宋苏轼《昭君怨·送别》：“谁作桓伊三弄，惊破绿窗幽梦。”

名人趣谈

王徽之赏竹

王徽之性情洒脱自由。有一次他经过吴地，听说当地有一个官员家里有很漂亮的竹园，就想去看看。竹园的主人听说了这件事，特意把家中打扫干净，仔细布置了一番，然后在府里的大厅等着他。然而王徽之并没有从正门进去，他直接跟门房打声招呼，说自己要欣赏竹林，不想被人打扰，然后径直进了竹园。主人知道之后，十分惊讶，只得在大厅继续等着。王徽之欣赏完竹林后，想直接离开，主人连忙派人拦住了他。王徽之这才去跟主人说了几句话，赞美一番竹林，然后潇洒离去。这个故事也可见王徽之洒脱不羁、自由放达的性情。

桓伊高歌进谏

晋孝武帝曾经受人挑拨怀疑谢安。在一次宫廷宴会上，桓伊受命吹笛后，对孝武帝说：“请允许我一边弹筝一边唱歌。”孝武帝同意了，于是桓伊高歌一曲曹植的《怨歌行》，这是曹植受到魏明帝的猜忌后，用来表达内心愤懑（mèn）的一首诗。桓伊通过这首诗向孝武帝进谏，为谢安辩解。谢安听完，感动得流下泪水，起身坐到桓伊身边，双手为他理顺了胡须，说：“从这就能看出你不是一般人。”孝武帝也面露愧色。

气质比长相更重要

主角 曹操

品读 乱世英雄、机智多疑
容貌焦虑

魏王曹操有一次要接见前来进贡的匈奴使臣。他认为自己相貌丑陋，身材矮小，不足以向远方前来朝见的使者展示自己的威严，便叫英俊威武的崔琰（yǎn）代替他接见使臣，自己则化装成执笔的文官站在崔琰的坐榻旁边。

接见完毕后，曹操派出密探前去询问匈奴使臣："你看魏王这人怎么样？"匈奴使臣回答说："魏王的外貌风度非同一般，不过，坐榻旁边那位执笔的文官，才是一位真正的英雄啊！"

曹操听完密探回报后，派人去追杀了这位使臣。

东汉末年，丞相曹操把持朝政，他对自己的相貌不够自信；

而大臣崔琰仪表堂堂，外貌威武，让人一见就肃然起敬。一天，北方的匈奴派使者前来觐见。曹操想在匈奴使者面前展示威严，于是他想到了一个主意——让崔琰假扮成自己出场，而他自己则装作执笔的文官站在一旁。

本文最突出的表现手法是反衬：不管崔琰怎么“仪表堂堂”，可依然掩盖不了曹操的“英雄气概”。曹操认为自己相貌丑陋，找崔琰做替身。可在使者看来，虽然崔琰外貌威武，但还是比不过旁边其貌不扬的曹操。这也应验了《魏氏春秋》对曹操的描述：“武王姿貌短小，而神明英发。”

《三国志》中称赞曹操是“非常之人，超世之杰”。这篇文章也从侧面让我们了解曹操的“非常”之处。以丞相之尊捉刀立床头，自愿扮做自己臣子的侍从，大概只有他这种机智、不循常理的人才会想出这样的点子。矮小的曹操捉刀床头，站在伟岸威严的崔琰旁边，想一想这个场景，是不是很好玩？

得找个高大威武的替身去威慑使者。
崔琰仪表堂堂，就让他来假扮我吧。
曹操
匈奴使者
觐见魏王！中原真是人才济济啊！
使者远道而来，一路辛苦了！
崔琰
曹操
密探
我们魏王的风采如何？
魏王风度非凡，可旁边的那位才是真正的英雄啊！

故事有出处

wèi wǔ jiāng jiàn xiōng nú shǐ
魏武①将见匈奴使，
zì yǐ xíng lòu bù zú xióng yuǎn
自以形陋，不足雄②远
guó shǐ cuī jì guī dài dì zì
国，使崔季珪③代，帝自
zhuō dāo lì chuáng tóu jì bì lìng
捉刀④立床头。既毕，令
jiàn dié wèn yuē wèi wáng hé rú
间谍问曰：“魏王何如？”
xiōng nú shǐ dá yuē wèi wáng yǎ wàng
匈奴使答曰：“魏王雅望
fēi cháng rán chuáng tóu zhuō dāo rén cǐ
非常，然床头捉刀人，此
nǎi yīng xióng yě wèi wǔ wén zhī
乃英雄也。”魏武闻之，
zhuī shā cǐ shǐ
追杀此使。

——《世说新语·容止第十四》

小词典

①魏武：魏武帝曹操。下文的帝与魏王都是指曹操，他生前封魏王，曹丕登基后，追尊曹操为魏武帝。

②雄：展示威严。

③崔季珪：即崔琰，字季珪，是曹操手下著名的大臣。

④捉刀：指带着笔的文官，也有一说是握着刀的侍卫。

学成语

代人捉刀

释义

比喻替人作文或做事的人。

用法

可作谓语。示例：在学习中相互帮助是好事，但代人捉刀就不值得提倡了。

知识拓展

“捉刀”的典故

很久以前，没有笔墨，也没有发明纸，人们用刀当作笔，将字刻在木头上。因此可以说，刀就是当时的笔。竹简木牍和毛笔出现后，也使用刀挖掉错字，修改错误，因此当时的读书人和官吏都会随身带着刀和笔。后来，替人写东西就被称为“代人捉刀”了。

古代的“间谍”

本文中提到的“间谍”，是指潜入对手阵营刺探秘密情报的人，古代也称“细作”。早在春秋时期，《孙子兵法》中就提到军事情报至关重要，为了知彼知己，可以派间谍打探敌方的军情和军务。《孙子兵法》中将间谍分为乡间、内间、反间、死间、生间五种。

曹操熟读前代兵书，尤其熟悉《孙子兵法》，曾经整理并注释《孙子兵法》，撰写《孙子略解》十三篇。他十分重视军事情报工作，不仅在中原各方势力中安插间谍，还曾经往匈奴派过间谍。他在《孙子略解》的《用间篇》中写道：“打仗前必须先派间谍，全面了解敌情。（战必先用间，以知敌情也）”；而且他还提出，五种间谍要同时使用（同时任用五间也）。

性格急躁，惹人大笑

主角 王述

品读 性情急躁

王述性情急躁。有一次他在吃鸡蛋时，先试着用筷子戳鸡蛋，没有戳中，于是他很生气地把鸡蛋扔到地上。鸡蛋没有破，反而在地上不停地旋转起来，他气得跳起来用木屐的齿踩，居然也没有踩到。他变得更加愤怒，于是从地上捡起鸡蛋放入嘴巴里，狠狠地咬碎后就立即吐掉。

王羲之听说这件事后，大笑着说："即使安期（王述父亲王承，名士）有这个脾气，也不值一提，何况是王蓝田（王述）呢！"

王羲之和王承虽然都姓王，但分别是琅邪王氏和太原王氏，"两王"都是显赫世家，彼此暗暗较劲。因此，王羲之嘲笑性急的王述也是颇有渊源。

王述出身显赫的太原王氏，他的父亲王承在东晋初年有“第一名士”的美称，可惜在王述年少时就已去世。王述承袭父亲的爵位为蓝田侯，因此被人称呼为“王蓝田”。王述自幼侍奉在母亲身边，一直没有做官，后来凭借门第走入仕途，曾任宛陵县令、会稽太守等官职。他在任时清正严明，当时的皇帝评价他，“才能不够突出，对名利也没有看淡，只有那一点率真，足以抵得上其他人的许多优点”。谢安也评价他“掇皮皆真”，意思是说：“王述这个人，剥去外皮，内里全是刚正率真。”

《世说新语》中记载，王述为官清廉，一身刚正之气，但因为他性子太急，年轻时迟迟不得志。在王述吃鸡蛋的故事中，就能看到他急躁又略显幼稚的行为。本文堪称描写人物性格和行为的佳作。虽然只用了寥寥数语，便把人物急躁的性格刻画得活灵活现。为了表现王蓝田性急的主题，通过选取吃鸡蛋这样一件小事来描绘人物，非常具有典型性。通过主人公的一系列动作和神态的变化，生动形象，使读者忍俊不禁、过目难忘。

这个鸡蛋太讨厌了，怎么都夹不住！
王述
我踩踩踩！踩破你！
气死我了！我把你咬碎成渣！
王蓝田脾气太急躁，就算是他父亲这样都不值得讲，何况是他呢！
王公说得有理！
王羲之

故事有出处

wáng lán tián xìng jí　cháng shí jī
王蓝田性急。尝食鸡
zǐ　yǐ zhù cì zhī　bù dé　biàn dà
子，以箸刺之，不得，便大
nù　jǔ yǐ zhì dì　jī zǐ yú dì
怒，举以掷地。鸡子于地
yuán zhuǎn wèi zhǐ　réng xià dì yǐ jī　chǐ
圆转未止，仍下地以屐①齿
niǎn zhī　yòu bù dé　chēn　shèn　fù
蹍之，又不得，瞋②甚，复
yú dì qǔ nèi kǒu zhōng　niè　pò jí tǔ
于地取内口中，啮③破即吐
zhī　wáng yòu jūn　wén ér dà xiào yuē
之。王右军④闻而大笑曰：
shǐ ān qī　yǒu cǐ xìng　yóu dāng wú
“使安期⑤有此性，犹当无
yī háo kě lùn　kuàng lán tián yé
一豪可论，况蓝田邪？”

——《世说新语·忿狷第三十一》

小词典

①屐：木头做的鞋。

②瞋：发怒时睁大眼睛。

③啮：咬的意思。

④王右军：王羲之，字逸少，曾任右军将军。

⑤安期：王述的父亲王承的字。王承曾任东海内史、从事中郎。

学成语

急不可待

释义

急得不能再等待，形容心情急切。

用法

可用作定语或状语。示例：他急不可待地要告诉朋友一个好消息。

名人趣谈

简朴正直的王述

王述三十岁时，还没有什么大成就，甚至有人说他痴傻。后来，东晋开国元勋、司徒王导征召他为中兵属。有一天，王导宴请宾客，在场的客人都在夸赞吹捧王导，对王导的每次讲话都赞同附和。王导感觉有些飘飘然，对王述的态度也十分倨傲，而王述却严肃地说："普通人不是尧舜，哪里能做到事事都对呢？"王导顿时觉得惭愧，和颜悦色地向王述道歉。后来王导对当时的名士庾亮说："王述简朴正直，不比他父亲差。"

知识拓展

木屐的历史

中国人很早就发明了木屐。考古学家曾经在浙江宁波的慈湖新石器时代晚期遗址中，发现了两件残存的木屐，上面有小孔和凹槽，属于良渚文化的遗物。南朝宋的《异苑》中写道"介子推逃禄隐迹，抱树烧死。文公（晋文公重耳）拊木哀嗟，伐而制屐。"春秋时期，介子推一心隐居，最后抱着树被烧死。晋文公抚摸着树十分悲痛，砍下树木做了木屐，以此纪念介子推。

隐居多年，今日出山

主角 谢安

品读 高卧东山、隐居出山做官

谢安隐居在东山，朝廷曾多次下令征召他出来做官，他都不肯出山。后来谢安应召出任权臣桓温的司马，即将从新亭出发的时候，朝中很多官员都来送行。

谢安的朋友高崧（sōng）当时担任中丞一职，也专程前去为他饯行。告别之前，高崧已饮了一些酒，于是他借着酒劲开谢安的玩笑说：“你曾多次违抗朝廷征召的旨意，高枕无忧地躺在东山上，每次大家一起交谈时都说，‘谢安不肯出山做官，百姓们要怎么办呢！’现在你终于出山，百姓们又会怎么看呢？”

谢安笑着不答话。

魏晋时期，很多名士选择避世隐居，谢安就是其中的一位。谢安出身于名门世家陈郡谢氏。谢安四岁的时候，名士桓彝（yí）（桓温的父亲）见到他思维敏捷、沉着冷静，对他十分赞赏，并评价：“这孩子风采异于常人，将来不会比王承差。”后来，名士王濛、宰相王导也都很欣赏他。然而谢安一直隐居，不愿走上仕途。朝廷多次征召他出来做官，他再三推辞。这让朝廷中的一些官员很恼火，甚至有人上书建议对谢安永不录用。

谢安之所以屡屡拒绝朝廷的征召，主要是因为谢氏已经有族人在朝做官。当时，谢安的弟弟谢万担任西中郎将、豫州刺史，负责抵御北方的前燕。升平三年（359年），谢万率军北伐，不料指挥失当，全军溃败，谢万因此被废为庶人。这时，谢氏一族再无重要的人物在朝，眼看有倾覆的危险，已年过四十岁的谢安这才决心结束自己高卧东山的悠闲生活，于第二年应召出山，以守住家族的荣耀。

当谢安从新亭出发上任的时候，很多官员来为他送行。因为他此前有多次推辞不仕的经历，于是便出现了文中被朋友高崧打趣的一幕。

征召谢安担任司马一职，近日上任……
在下不得不出山了，感谢诸位朋友来送行……
谢安
谢公不是一直都不肯出山吗？那现在出山让百姓怎么看呢？
高崧

故事有出处

谢公在东山，朝命屡降而不动。后出为桓宣武司马，将发新亭，朝士咸出瞻送。高灵[1]时为中丞[2]，亦往相祖[3]。先时多少饮酒，因倚如醉，戏曰：“卿屡违朝旨，高卧东山，诸人每相与言：‘安石不肯出，将如苍生何！’今亦苍生将如卿何？”谢笑而不答。

——《世说新语·排调第二十五》

小词典

①高灵：即东晋名士高崧，其小名为阿酃（líng），原文的“灵”字应当是笔误。

②中丞：东晋的御史台长官。

③祖：古代为亲人朋友饯行的隆重仪式。

学成语

笑而不答

释义

只是微笑，不直接回答。形容处事态度淡定而含蓄。

用法

一般用作谓语、状语。示例：默默做好事的他，每当别人问起时，总是笑而不答。

知识拓展

东山

故事中提到的东山，是位于浙江绍兴的东山（东晋时期隶属会稽郡），又名谢安山。相传会稽东山有巨石悬伸江中，江边有一座钓鱼台，是谢安钓鱼游玩过的地方。唐宋诗人李白、贺知章、刘长卿、方平、苏东坡、陆游等，都曾经到过此处，并留下许多著名的诗篇。谢安四十多岁离开东山，到南京（当时叫建康）做官，并在城东三十里的土山造了一座别墅，这座土山也被他称作“东山”。

与“东山”有关的名句

唐代高适《人日寄杜二拾遗》：一卧东山三十春，岂知书剑老风尘。

唐代李白《永王东巡歌十一首》：三川北虏乱如麻，四海南奔似永嘉。但用东山谢安石，为君谈笑静胡沙。

宋代辛弃疾《水龙吟·老来曾识渊明》：甚东山何事，当时也道，为苍生起。

元代关汉卿《四块玉·闲适》：南亩耕，东山卧。世态人情经历多。闲将往事思量过，贤的是他，愚的是我，争什么！

清代林则徐《和芷林留别原韵》其二：南国化行真许最，东山卧起讵容迟。

送别好友，学学驴叫

主角 孙楚

品读 不顾世俗 个性十足

孙楚恃才傲物，极少佩服别人，唯独非常敬重王济。

王济去世时，当时有名望的人们都来吊唁。孙楚来得晚些，他对着王济的遗体痛哭不已，宾客听之，无不被感动得流泪。他哭完之后，朝着王济的灵床说：“你平时喜欢听我学驴叫，现在我再为你学一次。”

孙楚的驴叫声非常逼真，宾客们都大笑起来。孙楚抬起头说：“可惜啊，你们这些（俗人）人活着，王济却死了！”

魏晋时期，名士之间的友谊往往超越世俗的束缚。王济和孙楚就是这样的知音。

王济，字武子，西晋名士，著名的玄学家和诗人。他出身名门，才华横溢，《晋书》称他“少有逸才，风姿英爽，气盖一世”“善《易》及《庄》《老》，文词俊茂，伎艺过人”。孙楚，字子荆，西晋著名官员和文学家。他才气超群，但脾气很大，史称他“才藻卓绝，爽迈不群，多所陵傲，缺乡曲之誉”，也就是说，没有几个人说他好。

当时的王济和孙楚都恃才傲物，瞧不起世人，却彼此相互欣赏。他们两人是同乡，王济为本州大中正，职责是识别和评定本州的人才。轮到孙楚被评定时，王济说：“旁人都没有评定他的眼力，还是让我来吧。”他给孙楚做的评语是：“天才英博，亮拔不群。”

孙楚更是很少佩服别人，唯独只钦佩王济。在王济死后评价他说：“逍遥芒阿，阖（hé）门不帷。研精六艺，采赜（zé）钩微。”他们二人真的是意气相投，惺惺相惜。

王济去世后，孙楚前来吊唁，悲伤痛哭后开始旁若无人地学驴叫，这些都是发自内心怀念老友的表现。

我这一生就敬重王武子。
孙楚
天妒英才啊，武子兄，我们会怀念你的……
武子兄，你平时喜欢听我学驴叫。现在我再学一次吧！
孙子荆，你在丧礼上学驴叫，也太可笑了吧？
可叹啊！你们这些俗人活着，武子兄却死了。

故事有出处

sūn zǐ jīng yǐ yǒu cái shǎo suǒ
孙子荆以有才，少所
tuī fú wéi yǎ jìng wáng wǔ zǐ wǔ
推服①，唯雅敬王武子。武
zǐ sàng shí míng shì wú bù zhì zhě zǐ
子丧时，名士无不至者。子
jīng hòu lái lín shī tòng kū bīn kè
荆后来，临尸恸哭②，宾客
mò bù chuí tì kū bì xiàng líng chuáng
莫不垂涕③。哭毕，向灵床
yuē qīng cháng hào wǒ zuò lǘ míng jīn
曰："卿常好我作驴鸣，今
wǒ wèi qīng zuò tǐ sì zhēn shēng bīn
我为卿作。"体似真声，宾
kè jiē xiào sūn jǔ tóu yuē shǐ jūn
客皆笑。孙举头曰："使君
bèi cún lìng cǐ rén sǐ
辈存，令此人死！"。

——《世说新语·伤逝第十七》

小词典

①推服：赞许、佩服。
②恸哭：大声痛哭。
③垂涕：哭泣落泪。涕，眼泪。

学成语

恸哭流涕

释义

哀痛流泪，形容极其悲痛伤心。

用法

用作谓语。示例：在巨大的灾难面前，他忍不住恸哭流涕。

知识拓展

漱石枕流

孙楚年轻时想要隐居，一次和王济聊天时说自己想要“枕石漱流”，意思是枕着石头用流水漱口，但一时口误说成了“漱石枕流”。王济笑着说：“就算可以枕着流水，但怎么能拿石头来漱口呢？”孙楚将错就错戏称：“枕着流水睡觉，是想要洗净自己的耳朵；用石头漱口，是想要磨砺自己的牙齿。”孙楚的巧妙解读，看起来比“枕石漱流”更高一筹。就这样“漱石枕流”这一成语流传了下来，被后人用来形容隐居山林、洁身自好的生活。

学驴叫背后隐藏着洒脱

在丧礼上学驴叫，令人捧腹之余，不免让人觉得荒唐。不过，在当时这种行为并不罕见。孙楚也不是第一个学驴叫的人。据说，魏文帝曹丕登基前，对王粲（càn）非常欣赏。王粲去世后，曹丕亲自率领文士为他送葬，葬礼上，他对王粲的朋友们说：“王粲生前喜欢听驴叫，就让我们一起学驴叫来为他送别吧。”于是，一时间驴鸣四起。

据说，驴叫声洪亮悠远，富含音乐感。魏晋南北朝时期开始有了明确的声律，而驴叫声暗合声律，所以被文士们追捧。当时，这种学驴叫的行为，是一种精神上追求自由和洒脱的象征。

当众爬树，旁若无人

主角 王澄

品读 举止放诞、不拘礼俗

王澄被外调到荆州担任刺史，太尉王衍和当时的知名人士都来送行。

当时院子里有棵大树，上面有个喜鹊窝。王澄脱去上衣和头巾，当着众人的面爬到树上去掏小喜鹊，不小心汗衫挂在了树枝上，他干脆直接把汗衫脱掉。

王澄在树上掏到了小喜鹊后，就下树来捧在手里玩弄，神色自若，好像旁边没有人一样。

王澄出身名门世家，是西晋名士，平北将军王乂（yì）之子，太尉王衍之弟。他才智过人，年轻时就和哥哥王衍一起名扬四方。他行为放诞，不拘礼俗，即使是在众人面前，依然我行我素，文中的爬树掏鸟便是一例。他处事放荡不羁，有时候日夜纵酒，有时候连衣服也不穿。

王澄的朋友刘琨曾规劝他说：“卿形虽散朗，而内实动侠，以此处世，难得其死。”意思是说，你外表虽然洒脱清朗，而内心实际是敏感而侠义的人，这样来处世，很难有好的结局。王澄听了以后默然不语。

刘琨的判断是有道理的。王澄到荆州任职后，不理俗务。当时的国家局势已经开始混乱，很多流民从巴蜀来到荆湘一带，生活没有着落，不得已聚众造反，王澄也没有办法解决。后来发生了永嘉之乱，匈奴军队攻入西晋京师洛阳，天下大乱。王澄避乱投奔琅邪王司马睿，途经豫章（今江西南昌），顺路拜访族兄王敦。王澄当时的名声超过了王敦，王敦因为忌恨王澄对自己轻慢、不礼貌，给他安上了勾结叛军的罪名，派人将他杀死。

刘琨听说后，叹息道：“澄自取之。”

王澄
恭喜王公外调荆州担任刺史，今天我们来为你送行。
叽叽……喳喳……
我先上来跟喜鹊交个朋友。衣服挂在树枝上了，干脆脱掉吧。
王澄
要做大官了，还去玩喜鹊，真是怪人啊。
做人就要自由自在，你们不懂我的乐趣。

故事有出处

wáng píng zǐ chū wéi jīng zhōu
王平子①出为荆州，

wáng tài wèi jí shí xián sòng zhě qīng
王太尉②及时贤送者倾

lù shí tíng zhōng yǒu dà shù
路③。时庭中有大树，

shàng yǒu què cháo píng zǐ tuō yī
上有鹊巢。平子脱衣

jīn jìng shàng shù qǔ què zǐ liáng
巾，径上树取鹊子，凉

yī jū hé shù zhī biàn fù tuō
衣④拘阂⑤树枝，便复脱

qù dé què zǐ huán xià nòng shén
去。得鹊子还下弄，神

sè zì ruò páng ruò wú rén
色自若，傍若无人⑥。

——《世说新语·简傲第二十四》

小词典

①王平子：王澄，西晋太尉王衍的弟弟。
②王太尉：王衍，字夷甫，西晋末年重臣。
③倾路：挤满道路。
④凉衣：贴身的衣服。
⑤拘阂：钩住，挂住。
⑥傍若无人：即“旁若无人”，形容自然高傲的样子。

学成语

旁若无人

释义

有人在旁边却视若无睹。形容一个人自然、高傲的样子，和不在乎别人的态度。

用法

多含贬义，表示态度傲慢。示例：已经到了深夜，小欢还在旁若无人地唱歌，大家十分反感。

知识拓展

魏晋风度

魏晋时期是中国历史上少有的思想解放，文艺繁荣的时代，士大夫们有着不同于其他历史时期的言谈举止。魏晋士人追求独立的思想和自由的行为，他们大多个性乖僻奇异、偏执率真，日常生活中蔑视礼法、狂放不羁，强调精神自由，讨厌行为拘束，以随性的生活方式为志向，后人称之为“魏晋风度”。魏晋名士或像曹操一样慷慨悲壮，或像嵇康那样豪爽率真，或像这篇文章里所介绍的王澄一样我行我素。

名人趣谈

王澄趣事

王澄哥哥王衍的妻子郭氏，性情贪婪卑鄙。有一次郭氏故意刁难婢女，命令婢女去路上捡马粪。当时王澄才十四岁，就劝告郭氏不能这么做，有失大族的体面。不料郭氏听了大怒，气冲冲地跟王澄说：“当年你母亲临终前，把你托付给我，而不是把我托付给你！怎么你现在倒数落起我来了？”说着伸手抓住王澄的衣襟，抄起棍子就想揍他。好在王澄力气大，一把挣脱，跳窗逃跑了。

兄弟情深，人琴俱亡

主角 王徽之

品读 兄弟情深、伤心欲绝

王徽之和王献之都病得很重，王献之先去世了。王徽之问身边的人说：“为什么总听不到子敬（王献之）的消息？看来他已经死了。”说话时王徽之的脸上看不到一点悲伤。

王徽之乘车去奔丧，路上并没有哭。王献之向来喜欢弹琴，于是王徽之径直走进王献之家里，坐在灵床上，拿过王献之的琴来弹，但是琴弦的声音已经不协调了，王徽之把琴扔在地上说：“子敬啊子敬，你的人和琴都死了！”说完终于忍不住痛哭了起来，伤心得几乎要昏厥于地。

过了一个多月，王徽之也去世了。

《世说新语》中对感情的描述非常丰富，其中，王徽之、王献之的兄弟情深尤其令人动容。

王羲之的七个儿子中，王徽之、王献之两兄弟最为著名。弟弟王献之做了中书令即宰相，哥哥王徽之却放弃了官职回到会稽，过着自由自在的生活。二人的感情是兄弟之间最好的，可以说既是兄弟，又是知音。

在王献之的灵前，王徽之取琴弹奏，没有成调，这不一定是琴的问题，可能是拨弦之际，悲从中来，难以弹奏成曲。人琴俱亡，表面上讲的是琴已伴随王献之去了，实际上说的却是王徽之痛彻心扉的悲伤。

这段文字虽然简短，但人物形象活灵活现。特别是王徽之感知弟弟身亡后的一连串动作，将王徽之的情绪变化写得很有层次，而且真实可信，读文章时就能想象出其伤心欲绝的形象，让人唏嘘动容。

王子敬之位
为什么没有听到子敬的消息，他是不是不在了？
王徽之
子敬啊，我来看你了！可叹人琴俱亡！
王献之

故事有出处

王子猷、子敬①俱病笃②，而子敬先亡。子猷问左右："何以都不闻消息？此已丧矣！"语时了不悲。便索舆③来奔丧，都不哭。子敬素好琴，便径入坐灵床上，取子敬琴弹，弦既不调，掷地云："子敬，子敬，人琴俱亡！"因恸绝④良久。月余亦卒。

——《世说新语·伤逝第十七》

小词典

①子敬：王献之，王羲之第七子，字子敬。官至中书令。书法名家，与王羲之并称"二王"。

②病笃：病重。

③舆：车。

④恸绝：悲痛欲绝。

学成语

人琴俱亡

释义

形容看到遗物、怀念死者的悲伤心情。常用来比喻对知己、亲友去世的悼念之意。

用法

在句子中可充当宾语、定语。示例：每次看到他的遗物，都有人琴俱亡的感觉。

名人趣谈

王羲之与王献之的书法

王羲之和儿子王献之都是东晋著名书法家。王献之从小跟随王羲之学习书法，后来又学习“草书之祖”张芝遗留下来的作品。他不墨守成规，在前人书法艺术的基础上创新变革，取得了很大的成就。王献之在草书方面自成一家，被誉为“极草纵之致”，影响力不亚于其父亲王羲之。

东晋名士谢安喜欢书法，与王羲之一家关系很好，他十分赏识王献之。谢安曾跟随王羲之学习书法，最擅长行书。唐代孙过庭《书谱》记载了这样一件事，王献之精心写好一篇书法，呈送给谢安，以为会得到谢安的赏识并收藏，不料谢安却加上评语退了回来。后来二人见面，谢安问道：“你觉得你的书法与你父亲的相比如何？”王献之回答：“我当然胜过我父亲！”谢安却说：“大家的评论可不是这样。”王献之回应道：“一般人哪里懂得！”这个故事在很多地方也都有记载，只是细节不同，王献之直言超过父亲，可见其自信。

实际上，在晋代和南北朝时期，王献之的影响确实超过了王羲之。有学者把他列入书法“四贤”，评价“张芝惊奇，钟繇特绝，逸少鼎能，献之冠世。”有人认为：“草书自汉张芝而下，妙人神品者，官奴（王献之小字官奴）一人而已。”当时有“比世皆尚子敬书”的盛况。到了唐代，唐太宗李世民喜爱王羲之的书法，大力搜寻王羲之的真迹，王献之的影响逐渐减弱，留存的墨迹也越来越少了。

炫富达人 千古笑柄

主角 石崇 王恺

品读 富可敌国、招摇炫富

石崇和王恺相互炫富，两人装饰车马、穿戴服装都极尽奢华。晋武帝司马炎是王恺的外甥，常常资助王恺。他曾经把一株二尺来高的珊瑚树送给王恺，这株珊瑚树枝条繁茂，世上少有。王恺将它展示给石崇看，石崇看到后，用一柄铁如意打碎了它。

王恺心中惋惜，认为石崇这是在妒忌自己的宝物，他声色俱厉地指责石崇。石崇说："这不是什么值得遗憾的事，我现在就赔给你。"于是命令手下的人将家里所有的珊瑚树全都拿出来，光是高三尺、四尺的，树干、枝条举世罕见且光彩夺目的就有六七棵，像王恺那样二尺来高的就更多了。王恺看了，怅然若失。

这是一个值得深思的故事。主角石崇与王恺，可谓是一对冤家，前者是开国元勋、大司马石苞的儿子；后者是当朝皇帝的舅舅。一个有着非常好的出身，一个有着极硬的背景，然而，他们炫富的嗜好却让人十分无语。珊瑚树不仅是价值连城的珍宝，还是皇帝赐给舅舅的。而石崇却敢把皇帝的御赐之物击个粉碎，可见石崇张狂到了极点。

刘义庆专门在《世说新语》中设置《汰侈》篇，并写出这个故事，有很深的讽刺意义。晋朝统一天下后，豪门世家、达官贵人积累了大量的财富，他们过着纵情声色、穷奢极欲的生活，攀比斗富的风气盛行一时。统治阶级对底层百姓漠不关心，王恺这样的皇亲国戚，居然因为自己的珊瑚树比不过石崇家里的而耿耿于怀。历史发展很快现出了这场闹剧的背景和负面影响：西晋的统治机构腐朽，国家内部问题重重，政风黑暗，社会风气不正，很多大家族的地位高高在上却腐败无能，这一切导致西晋迅速走向灭亡。石崇和王恺作为当时炫富的代表人物，炫富的“事迹”被记录并流传下来，成为千古笑柄，让后世引以为戒。

我石崇多有钱，你就甘拜下风吧！
石崇
没面子！我得找皇帝外甥帮帮忙才行。
王恺
两尺高的珊瑚树，很罕见的，厉害吧！
我看看，原来是这个啊……
这种大路货还拿出来炫耀，敲碎算了！
你这家伙，斗富比不过我，就用这种手段！
别担心，我家里的珊瑚树多得是，你随便挑！

故事有出处

shí chóng yǔ wáng kǎi zhēng háo bìng qióng qǐ lì
石崇[1]与王恺[2]争豪[3]，并穷绮丽，
yǐ shì yú fú wǔ dì kǎi zhī shēng yě měi zhù kǎi
以饰舆服。武帝，恺之甥也，每助恺。
cháng yǐ yī shān hú shù gāo èr chǐ xǔ cì kǎi zhī kē fú
尝以一珊瑚树高二尺许赐恺，枝柯扶
shū shì hǎn qí bǐ kǎi yǐ shì chóng chóng shì qì yǐ
疏，世罕其比。恺以示崇。崇视讫，以
tiě rú yì jī zhī yìng shǒu ér suì kǎi jì wǎn xī yòu
铁如意[4]击之，应手而碎。恺既惋惜，又
yǐ wéi jí jǐ zhī bǎo shēng sè shèn lì chóng yuē bù zú
以为疾己之宝，声色甚厉。崇曰："不足
hèn jīn huán qīng nǎi mìng zuǒ yòu xī qǔ shān hú shù
恨，今还卿。"乃命左右悉取珊瑚树，
yǒu sān chǐ sì chǐ tiáo gàn jué shì guāng cǎi yì mù zhě
有三尺、四尺，条干绝世[5]，光彩溢目者
liù qī méi rú kǎi xǔ bǐ shèn zhòng kǎi wǎng rán zì shī
六七枚，如恺许比甚众。恺惘然自失[6]。

——《世说新语·汰侈第三十》

小词典

①石崇：字季伦，西晋大臣、文学家、富豪。
②王恺：字君夫，西晋时期外戚、著名富豪。
③豪：富有；阔绰。
④铁如意：一种搔背上痒痒的工具，因其能解痒，善如人意，所以命名。铁如意的一端做成灵芝或云叶的形状，可供玩赏。
⑤绝世：举世无双，世所罕见。
⑥惘然自失：失意的样子。

学成语

惘然若失

释义

心情十分迷惘，就好像失落了什么一样。

用法

示例：小轩同学情绪低落，看起来有点惘然若失的样子。

名人趣谈

石崇财富的来源

石崇虽然家世很好，但财富的来源并不光彩。其父亲石苞虽家财雄厚，但临死前将钱财全部分配给其他儿子，几乎什么也没有给小儿子石崇留下。石崇的母亲很不理解，石苞说：“石崇现在还小，他将来能自己得到财富。”石崇成年后果然聚敛了很多财富，只是获取财富的手段却并不光彩。他任荆州刺史的时候，行为恶劣，居然抢劫远行的商人来获得大量财物。

斗富二人的结局

王恺、石崇肆无忌惮地斗富，二人在当时出尽风头，最终都被钉在了历史的耻辱柱上。八王之乱中，石崇正在楼上大肆宴饮，突然被一群甲士上门逮捕，拉到东市诛杀。他临死前发出感叹：“这些人害我，是图谋我的财产啊！”看押他的人反问：“你既然明白是财物害人，为什么不早些散财？”石崇无法回答。王恺因为皇帝的偏袒，十分嚣张跋扈、为所欲为，朝野上下都很厌恶他。王恺死后，群臣拟定谥号，定了一个“丑”字，称为“丑公”。按照古代的礼法，这是一个极恶的谥号，意思是依仗权势、肆意妄为。

大丈夫何必谈钱

主角 王衍

品读 清谈领袖、口不言钱

王衍（yǎn），字夷甫，一向崇尚玄妙超脱，向来憎恨妻子的贪婪世俗，因此口里从不曾提到“钱”字。

王衍的妻子想捉弄他，半夜叫婢女拿钱围着他的睡床摆了一圈，使他起床后不能走路。王衍清晨起床，看见遍地的钱妨碍自己走路，便招呼婢女说：“挪开这些东西！”

王衍与妻子郭氏是一对特别有意思的夫妻。不屑于谈钱的名士很多，王衍就是典型；贪财的人更多，郭氏就是典型。王衍贵为太尉，名士王戎曾评价他“神姿高彻，如瑶林琼树”，《世说新语》中说他“容貌整丽，妙于谈玄”，是一个非常受人敬慕的才俊；他的妻子郭氏却“才拙而性刚，聚敛无厌，干豫人事”，是一个贪得无厌的人。王衍憎恶郭氏的贪婪，可是郭氏很有背景，她的父亲郭豫官至相国参军，有权有势。她与皇后贾南风是表姐妹。贾后专权后，她凭借贾后的权势更加为非作歹。因此，王衍虽然身居高位，却对妻子无可奈何。

王衍鄙夷郭氏贪财的卑劣之举，他自己口中连“钱”这个字都不肯说。郭氏愤愤不平，想试试他究竟会不会说出这个字，便有了文中的这个故事。郭氏本来想的是，他走不出来的话，必定会让人将钱拿走，到时嘴里必定会说出“钱”字。撒完钱后，她就支起耳朵在一旁等着看戏。然而王衍看到这些钱后，依旧没有说出“钱”这个字，而是生气地对奴婢说：“把这些东西（阿堵物）都拿走！”

《世说新语》中同时记载了喜欢炫富的石崇和口不言钱的王衍，二者形成了鲜明的对比。王衍创造了一个代名词，从此以后，“阿堵物”成为钱的别称，且含有调侃、轻蔑的意味。

真无聊，整天想着这种俗事！
王衍
嘘……围着床悄悄地放，我看他起床怎么说！
婢女
郭氏
嗯，先把这些东西挪走！
夫人请您起床后过去一下。

故事有出处

wáng yí fǔ yǎ shàng xuán
王夷甫雅尚①玄
yuǎn cháng jí qí fù tān zhuó
远②，常嫉其妇贪浊③，
kǒu wèi cháng yán qián zì fù yù
口未尝言“钱”字。妇欲
shì zhī lìng bì yǐ qián rào chuáng
试之，令婢以钱绕床，
bù dé xíng yí fǔ chén qǐ jiàn
不得行。夷甫晨起，见
qián hé xíng hū bì yuē jǔ
钱阂④行，呼婢曰：“举
què ē dǔ wù
却阿堵⑤物！”

——《世说新语·规箴第十》

小词典

①尚：崇尚的意思。

②玄远：指玄妙莫测的道理。

③贪浊：贪婪，世俗。

④阂：阻碍的意思。

⑤阿堵：这，当时的口语。

学成语

口不言钱

释义

说话不提钱。形容一个人品行清高，对钱财毫不在意。

用法

褒义词。示例：吴老师扎根贫困山区支教，甘于清贫，口不言钱。

知识拓展

“钱”的别称

钱的别称还有“铜臭（xiù）味”“孔方兄”“盘缠”等。传说东汉灵帝的时候，卖官鬻（yù）爵之风盛行，崔烈以五百万钱的价格买到司徒一职，被世人所鄙视。就连他的儿子崔钧也看不惯，对他说：“您少年时就英名卓著，也曾担任过高官，所以别人倒不是认为您没资格当司徒，只是嫌您身上有些铜臭味。”古时的铜钱中间经常有一个方形的孔洞，人们就戏谑地称钱币为“孔方兄”。此外，人们外出办事常常把铜钱用绳子穿起来缠在腰间，以方便携带，于是钱又有了“盘缠”的别称。

名人趣谈

王衍之妻郭氏

王衍的妻子郭氏贪婪成性，她其实从来不缺钱。郭氏出身名门望族，父亲是相国参军郭豫，她又是皇后贾南风的亲戚。郭氏的性情跟跋扈专权的贾南风也很类似，都是贪婪爱财的人，既专权又独断。王衍目睹妻子的恶劣形迹，却没办法制止她，只能无奈忍受。他有一个同乡叫李阳，是幽州刺史，也是武艺高强、名震京师的大侠士，郭氏一向很害怕他。王衍见到妻子贪婪专权，为了吓唬她，就说：“不只是我说你不能这样做，李阳也说过，你这样做不好。”郭氏忌惮李阳，才有所收敛。

极简生活，身无长物

主角 **王恭**

品读 生活简朴、说话直接

王恭从会（kuài）稽回来之后，王忱（chén）前去看望他。王忱见王恭坐在一张六尺长的竹席子上，就对他说：“你从东边回来，应该有不少这种席子，可以分一张给我。”王恭没说什么。等王忱走后，王恭就派人将自己所坐的那张竹席送给王忱。

这样王恭就没有竹席了，只能坐在草席子上。

后来王忱听说这件事后，吃惊地说：“我以为你有很多竹席，所以才向你索要。”

王恭回答说：“叔父您可能不了解我，我王恭身边向来没有多余的物品。”

东晋时期，王恭以清廉、刚直著称，王忱以才华、个性知名。两人都出身于太原王氏，按照辈分，王忱是王恭的族叔。他们虽然辈分不同，但年轻时是经常来往的好朋友。

这个故事显示了王恭简朴的一面，也展现了他直来直去、有话直说的性格特点，史书记载他“性抗直，深存节义”，他爱读《左传》，每次读到“奉王命讨不庭（奉皇帝之命讨伐叛逆）”，就会感叹自己堂堂男儿竟然不能为国家效命，实在可惜。做官之后，他对败坏国家朝纲的小人非常痛恨，多次出兵讨伐那些奸臣。

398 年，王恭起兵讨伐奸臣司马道子，不幸遭遇手下背叛，兵败被俘。后来，王恭被押赴刑场处斩。受刑时，王恭神态自若，他整理仪容，理顺胡须鬓发，对监刑官说：“我偏信他人，才遭此结局，但我的内心，始终忠于国家社稷！我相信后世之人一定会记住我！”

王恭死后，大家去他家里，发现除了满满当当的书籍，几乎没有什么值钱的物品。人们纷纷为他感到悲痛和惋惜。

王恭
王忱
你刚从会稽回来，我来看看你。
这竹席真不错，你带了不少吧？能否送一张给我？
把这张竹席装好，送到叔父家里。
我以为你有很多竹席所以才找你要的。
您不了解我啊，我一向都身无长物。

故事有出处

wáng gōng cóng kuài jī huán, wáng dà kàn
王恭①从会稽还，王大②看

zhī. jiàn qí zuò liù chǐ diàn, yīn yù gōng:
之。见其坐六尺簟③，因语恭：

"qīng dōng lái, gù yīng yǒu cǐ wù, kě yǐ
“卿东来，故应有此物，可以

yī lǐng jí wǒ." gōng wú yán. dà qù hòu,
一领及我。”恭无言。大去后，

jí jǔ suǒ zuò zhě sòng zhī. jì wú yú xí,
即举所坐者送之。既无余席，

biàn zuò jiàn shàng. hòu dà wén zhī, shèn jīng
便坐荐④上。后大闻之，甚惊

yuē: "wú běn wèi qīng duō, gù qiú ěr."
曰：“吾本谓卿多，故求耳。”

duì yuē: "zhàng rén bù xī gōng, gōng zuò rén
对曰：“丈人⑤不悉恭，恭作人

wú cháng wù."
无长⑥物。”

——《世说新语·德行第一》

小词典

①王恭：字孝伯，出身世家，东晋大臣，外戚。

②王大：即王忱。

③六尺簟：六尺多长的竹席。

④荐：草席。

⑤丈人：老丈。古代对老年男子的尊称。

⑥长：多余、剩余的意思。

学成语

身无长物

释义

身上没有多余的财物，也不贪恋眼下拥有的东西，形容穷困或俭朴。

用法

示例：穷游的人在旅途中往往身无长物，十分节俭。

名人趣谈

有志向的王恭

王恭年轻时便声名在外。魏晋时期很多名士都很清高，即使想当官也不愿直说，有人哪怕被封官也要推辞一番。然而王恭从小就自负才能过人，经常表达出要担当宰相、辅臣的愿望。王恭一开始出任佐著作郎，这是一个品阶不高的文官，他嫌弃官小无法施展抱负，就辞职了。此后，他等来了出任中书郎的机会，可他的父亲去世了。古时候父母去世必须辞官为其守孝，所以王恭只能放弃机会回家服丧。后来，王恭官至前将军、青兖（yǎn）二州刺史，他忠心朝廷，刚正不阿，曾先后两度率兵讨伐奸臣。

“后起之秀”王忱

王忱是名臣王坦之的儿子，小名叫佛大，也称王大。常见的成语“后起之秀”就来自王忱的事迹。原来，王忱的舅舅是著名的儒学家、经学家范宁。一天，名士张玄来拜访范宁，王忱也在场，但他只是默默地盯着张玄，始终都没有开口说话。事后范宁问他：“张玄是名士，被称为‘吴中之秀’。你这样的态度，是不是不太妥当？”王忱不以为意，笑着道：“如果张玄想跟我交往，自然会到我家去！”张玄听说了，整好衣装前往王忱家拜访。二人举杯共饮，甚是愉悦。范宁得知此事后，笑道：“外甥啊，你真是后起之秀！”后来，王忱果真声名远播。

做真实的自己

主角 王羲之

品读 不拘小节、处事潇洒

太傅郗（xī）鉴在京口的时候，派一个门客送信给丞相王导，希望能在琅邪王氏家中选个女婿。王导看过信后对这个门客说：“你到东厢房去，按照自己的意思挑选吧！”

门客到东厢房仔细挑选后，回到郗府对郗鉴说：“王丞相家的后辈们，个个都有过人之处。他们听说我此行是为您挑选女婿，都故作姿态，以示不凡。只有一位公子，不管不顾地露着肚子躺在东床上，好像没听说选婿这件事一样。”郗鉴说：“这位公子最好了。”

后来，郗鉴上门拜访，发现原来这位公子正是王羲之，于是便将女儿嫁给了他。

郗鉴是晋代著名的军事家、政治家和书法家。他有个女儿，名叫郗璿（xuán）。此女天生丽质，还很有才华。郗璿擅长书法，长大后有“女中笔仙”的美称。这位擅长书法的名门闺秀，最后嫁给了书法大家王羲之，真可谓是天作之合。

原来，看女儿到了婚嫁之年，郗鉴开始考虑选择女婿的问题。在古代，婚姻特别注重门当户对。郗鉴知道琅邪王氏家族里有很多优秀的子弟，希望从王氏后辈中挑出一位来做女婿。选择女婿的过程极富戏剧性。王家的年轻人在面对郗家选婿时，大都表现刻意。他们精心修饰自己，都穿上精致的衣服。尽管穿戴入时、谈吐文雅，可是很难真正地超凡脱俗。只有王羲之在郗家“觅婿”时袒腹卧于东床，完全不管别人怎么看待自己，他展露了自己的真性情，最终获得了郗鉴的慧眼青睐。

从后来的结果来看，郗璿与王羲之的婚姻很美满，可谓是“天作之合”，二人无论家世、个人爱好都十分匹配。婚后夫妇二人也恩爱非常，共养育了七子一女，子孙满堂。儿子王徽之、王献之后来都闻名于世。

郗鉴
女儿长大了，最好去王丞相家选个好女婿。
郗璿
门客
王导
我们王家子弟都在这里，你自己挑吧。
相比起故作姿态，我更愿意自由自在地躺着。
王羲之
这个年轻人是真性情，就选他了！

故事有出处

xī tài fù zài jīng kǒu qiǎn mén shēng yǔ
郗太傅①在京口，遣门生与
wáng chéng xiàng shū qiú nǚ xù chéng xiàng yù
王丞相②书，求女婿。丞相语
xī xìn jūn wǎng dōng xiāng rèn yì xuǎn zhī
郗信：“君往东厢，任意选之。”
mén shēng guī bái xī yuē wáng jiā zhū láng
门生归，白郗曰：“王家诸郎，
yì jiē kě jiā wén lái mì xù xián zì jīn
亦皆可嘉，闻来觅婿，咸③自矜
chí wéi yǒu yí láng zài dōng chuáng shàng tǎn fù
持。唯有一郎，在东床上袒腹
wò rú bù wén xī gōng yún zhèng cǐ
卧④，如不闻。”郗公云：“正此
hǎo fǎng zhī nǎi shì yì shào yīn jià
好！”访之，乃是逸少⑤，因嫁
nǚ yǔ yān
女与焉。

——《世说新语·雅量第六》

小词典

①郗太傅：指郗鉴，字道徽，东晋时期重臣、书法家。
②王丞相：指王导。王导与王羲之都出身于魏晋名门“琅邪王氏”，王导是王羲之的叔父。
③咸：全，都。
④袒腹卧：露出自己腹部的躺姿。
⑤逸少：王羲之，字逸少。东晋著名书法家，有“书圣”之称。

学成语

东床快婿

释义

本意是指心胸宽广、才华出众的女婿，后来演变成对女婿的美称。

用法

示例：他极富才华，女孩的父亲第一眼看到时就很欣赏，招他做了东床快婿。

知识拓展

“东床”

因王羲之东床袒腹这一故事的流传，后来“东床”成为佳婿的代名词。中唐诗人刘长卿曾因受到诽谤，被贬谪到随州担任刺史，写下《登迁仁楼酬子婿李穆》一诗，记录自己的心路历程，诗中感叹道：“赖有东床客，池塘免寂寥”，意思是还好有个好女婿，一路陪伴着自己，就算身处荒原也不那么寂寞。“东床”也可以代指临时住宿、待宾接客的床铺。如唐代诗人李贺于《将发》诗中写道：“东床卷席罢，濩（huò）落将行去。”诗中将“东床”引申为暂时歇息、来去匆匆的旅客。

乘龙快婿

形容女婿的典故除了“东床快婿”，还有“乘龙快婿”。相传春秋时期，秦穆公的小女儿弄玉喜欢吹笙。一天，公主听到远处的箫声与自己的笙声相和。秦穆公派人顺着箫声寻访到了隐士萧史，传说他吹箫的声音可以传出几百里。秦穆公请萧史在宫里演奏，一曲未完，殿上的金龙、彩凤都仿佛在翩翩起舞。秦穆公大喜，将弄玉许配给萧史。后来，萧史带着弄玉公主回华山隐居，人们看见弄玉乘上彩凤，萧史跨上金龙，双双升天而去。于是，人们就用“乘龙快婿”来形容才貌双全的女婿。

伤心不是一种形式

主角 阮籍

品读 特立独行、神色自若

阮籍为母亲服丧期间，参加晋文王司马昭的宴席，他在席上既喝酒又吃肉。

司隶校尉何曾当时也在座，他对司马昭说：“您正在推行以孝道治理天下的政策，可阮籍他身处重丧期间，公然在您的宴席上喝酒吃肉，应当将他流放到偏远之地，以端正世风。”

司马昭说：“嗣宗（阮籍的字）已然哀伤疲惫成这副模样了，你不能为他分忧，还说这些做什么！再说在服丧期间因病而喝酒吃肉，本来也是合乎礼法的！”

这二人对话期间，阮籍依旧吃喝不停，神色丝毫未变。

古代十分重视礼教，服丧的礼节十分烦琐，而阮籍作为“竹林七贤”的代表人物，向来追求自由，做事也随心所欲，常常公然挑战世俗的礼法。他在母丧期间饮酒吃肉，在世人看来是违反礼制的。这种行为理所当然会引人非议，众所周知，阮籍一直对架空皇室的司马氏心怀不满，投靠司马氏的何曾就想借机找找他的麻烦，以表达对司马氏的忠心。

没想到的是，司马昭完全不领情，当场不客气地指出何曾落井下石，还为阮籍的行为作出了辩解。当时的礼法虽有服丧期未满不能喝酒吃肉的规定，但也有一些例外。如《礼记》上规定：若是服丧期间生病，可以喝酒吃肉，待病愈之后再恢复常规丧礼。

不过，这个故事更有意思的是：司马昭与何曾在讨论阮籍的行为时，主角阮籍却好像置身事外，依旧神色自若地吃喝。司马昭一心想结交阮籍，阮籍却始终与他保持着若即若离的关系。这种行为告诉后人：要永远坚守本心，在权力面前要努力做到洁身自好、不卑不亢。

大家尽兴，不要拘束，吃好喝好！
司马昭
阮籍在母丧期间喝酒吃肉，有碍风化！
何曾
按照礼法，这样的行为难道不应该流放吗？
他都病了，你不能帮他分忧，说这些做什么！
他们说他们的，我吃我自己的。
阮籍

故事有出处

ruǎn jí zāo mǔ sàng zài jìn wén
阮籍①遭母丧，在晋文
wáng zuò jìn jiǔ ròu sī lì hé zēng
王②坐，进酒肉。司隶何曾③
yì zài zuò yuē míng gōng fāng yǐ xiào
亦在坐，曰：“明公方以孝
zhì tiān xià ér ruǎn jí yǐ zhòng sāng xiǎn
治天下，而阮籍以重丧，显
yú gōng zuò yǐn jiǔ shí ròu yí liú zhī hǎi
于公坐饮酒食肉，宜流之海
wài yǐ zhèng fēng jiào wén wáng yuē
外，以正风教。”文王曰：
sì zōng huǐ dùn rú cǐ jūn bù néng
“嗣宗毁顿④如此，君不能
gòng yōu zhī hé wèi qiě yǒu jí ér yǐn
共忧之，何谓？且有疾而饮
jiǔ shí ròu gù sāng lǐ yě jí yǐn
酒食肉，固丧礼也！”籍饮
dàn bú chuò shén sè zì ruò
啖不辍⑤，神色自若。

——《世说新语·任诞第二十三》

小词典

①阮籍：字嗣宗，三国时期魏国诗人、“竹林七贤”之一。

②晋文王：即司马昭，字子上，三国时期曹魏权臣，曾被封为晋王，是西晋王朝的实际奠基人之一。266 年，他的儿子司马炎篡位称帝，建立晋朝，追尊司马昭为晋文帝。

③何曾：字颖考，西晋开国功臣。曾历任司隶校尉、尚书、征北将军、司徒等职。

④毁顿：因过度悲伤而导致身体受损，精神不振。

⑤辍：停。

学成语

神色自若

释义

神情脸色和原来一样，毫无变化。用来形容一个人镇静，不慌张。

用法

含褒义。示例：舞台上的女孩面对众多观众，神色自若，丝毫不怯场。

知识拓展

青白眼

传说阮籍不怎么爱说话，经常用“白眼”“青眼”来表达自己的感受。青眼时眼珠在中间正视对方，白眼时眼珠在一侧斜视。当遇到喜欢的人时，就用青眼看人；若是不喜欢某人，就翻起了白眼。嵇康的哥哥嵇喜热衷名利，又严格遵守礼法礼仪，阮籍就给他一个大白眼。嵇康来看望阮籍时，带来了美酒和良琴，阮籍非常高兴，白眼瞬间变成了青眼。这就是“青白眼”这个典故的来源，比喻用不同的态度对待不同的人。

名人趣谈

无视礼教的阮籍

阮籍其实是一个很孝顺的人，他之所以没有遵守服丧礼仪，是因为他蔑视封建礼教，故意疏远司马昭等人。

当阮籍得知母亲去世的消息时，他正在和一位朋友下围棋。对手一听到消息，便要求终止下棋，阮籍却坚持下完这盘棋。当棋局结束时，阮籍喝了很多酒，然后悲伤地痛哭，吐出好几口血。当其母亲要下葬的时候，他先吃了一只蒸熟的小猪，又喝了不少酒，最后才和母亲的遗体告别。他在丧礼上一直悲伤不语，直到最后才悲伤地大喊几声，又吐了几口血。整个丧礼期间，他无比悲痛，身体消瘦，几乎要死去。

坚持自我，不信鬼神

主角 刘伶

品读 酒中名士、逍遥自在

刘伶因过度饮酒而得了病。一次，他很口渴，向妻子要酒解渴。妻子将酒倒掉，把装酒的器具都毁掉，哭着劝刘伶说："夫君您喝得太凶了，这不是养身健体的办法，请您一定要把酒戒掉！"刘伶说："你说得很对。不过我靠自己的能力戒不掉，只有在鬼神面前祷告发誓才能戒掉。你赶快准备祭祀用的酒肉。"妻子说："好。我听夫君的。"于是将酒肉供在神像前，请刘伶来祷告、发誓。

刘伶跪着祷告说："天生我刘伶，以喝酒闻名；一喝满十斗，五斗除酒病。妇人家的话，千万不能听。"说完便拿过祭祀的酒肉吃喝起来，一会儿就又喝得酩酊大醉。

刘伶作为“竹林七贤”之一，是一个比较典型的存在。他相貌丑陋，身材矮小，却极富才华，喜欢品酒作诗。当时的人们看重祭祀的仪式，尊重鬼神。名士刘伶、阮籍等人为了表达心中不满，偏偏反其道而行之，故意不遵守封建礼法。尤其是刘伶，还借口戒酒“戏弄”了鬼神一番。

刘伶假装戒酒，阮籍在司马昭面前旁若无人地饮酒，都是针对魏晋时期的时代背景而故意做出的姿态。从东汉末年开始，天下大乱，曹魏篡汉仅仅四十多年，又被司马氏篡夺了政权。在这种情况下，当权者还在虚伪地鼓吹礼教秩序，一些名士对此十分失望，经常借口喝醉逃避朝廷的拉拢。

刘伶最初做过建威参军，崇尚无为而治天下，朝廷却认为是无益之策。后来刘伶罢官，对仕途再没兴趣，对金钱和人情世故也不在意。他平素只喜欢与志同道合的人（如阮籍、嵇康）一起在竹林聚会。刘伶因为酷爱饮酒，又写过歌颂酒的名篇《酒德颂》，被称为“醉侯”。刘伶的文章常通过醉眼蒙胧的视角表达人间万象，表现出他傲视天下、物我两忘的境界。清初文学批评家金圣叹曾感叹：从来只说伯伦（刘伶）沉醉，又岂知其得意在醒时……众人皆醉，而刘伶独醒。

刘伶
刘伶妻
夫君，你再这样喝下去身体要毁了，一定要戒酒啊！
你说的对，我要在鬼神面前发誓戒酒。
夫君，祭祀的酒肉已经备好，你来发誓吧。
一喝满十斗，五斗除酒病。酒神就是我，我就是酒神。

故事有出处

刘伶①病酒，渴甚，从妇求酒。妇捐②酒毁器，涕泣谏曰："君饮太过，非摄生③之道，必宜断之！"伶曰："甚善，我不能自禁，唯当祝④鬼神，自誓断之耳。便可具酒肉。"妇曰："敬闻命。"供酒肉于神前，请伶祝誓。伶跪而祝曰："天生刘伶，以酒为名⑤，一饮一斛⑥，五斗解酲⑦。妇人之言，慎不可听！"便引酒进肉，隗⑧然已醉矣。

——《世说新语·任诞第二十三》

小词典

①刘伶：字伯伦，魏晋"竹林七贤"之一，以嗜酒如命而闻名。

②捐：舍弃、倒掉。

③摄生：养生。

④祝：祷告。

⑤名：通假字，通"命"。

⑥斛：古代量器名，一斛为十斗。斗指酒斗，古代的一种盛酒器具。

⑦酲：饮酒过度而神志不清、如同患病的样子。

⑧隗：通"颓"，颓废醉倒的样子。

学成语

五斗解醒

释义

用喝五斗酒的方式来解酒病。比喻荒谬的想法或行为。

用法

示例：五斗解醒（chéng）是逃避责任，不能真正解决问题。

名人趣谈

贤妻劝戒酒

刘伶的妻子虽然劝戒酒失败，但因此而获得了后人赞赏。宋代著名词人辛弃疾，有一次喝醉了酒，次日写了一首《定风波·昨夜山公倒载归》，题记“大醉归自葛园，家人有痛饮之戒，故书于壁”，家人曾经劝他不要喝醉。词中回忆喝酒的情况，“昨夜山公倒载归，儿童应笑醉如泥”，辛弃疾昨晚醉酒失态，被小孩笑话。第二天清醒后，“起向绿窗高处看，题遍，刘伶元自有贤妻”，辛弃疾引用了刘伶贤妻的典故，表达了对妻子劝解的感激。

酒后狂人

刘伶的传世作品《酒德颂》，文章豪迈华美，充满浪漫主义色彩，表现出藐视封建礼教的反抗精神，是很有影响的颂酒文章。刘伶饮酒，还善于自嘲。据《晋书》记载，有一次刘伶在喝醉之后与别人发生了争执。对方很生气，扯住了他的衣袖，准备暴打他。刘伶却像没事人似地说道：“你看我的身体这么瘦，如同鸡肋一样，你的拳头打在我身上，我不会多疼，但是你一定会非常疼。”听到这句话，那个人笑了起来，也平息了怒气。

找个借口辞官归乡

主角 张翰

品读 洒脱、知进退

张翰在京师洛阳时，曾在齐王司马冏（jiǒng）手下担任东曹掾（yuàn）一职。一次见到秋风四起，他想念起故乡吴中的名菜菰（gū）菜羹和鲈鱼脍，说：“人生在世，最可贵的是顺心如意，何必远离家乡数千里去追求名利爵位？”于是他就命人驾车回家乡了。

不久后齐王司马冏败亡，当时的人都认为张翰是一个善于洞察先机的人。

在八王之乱中，齐王司马冏协助赵王司马伦废黜了当时大权独揽的皇后贾南风。事后，赵王司马伦掌握朝政大权，却只给了司马冏游击将军一职。司马冏心生怨恨，最终起兵诛杀了司马伦，迎接晋惠帝复位。掌握实际权力后的司马冏开始广招人才，壮大自己的势力。张翰就是在这种情况下上任了东曹掾一职，不过，当他觉察到洛阳是个是非之地后，就果断找借口离开了。

张翰，字季鹰，吴郡吴县（今江苏苏州）人，西晋著名文学家，祖先是汉代开国元勋张良。张翰从小酷爱读书，极富才华，其做事随心所欲，不受礼法约束，其行事风格与曹魏时期的阮籍十分相似。由于阮籍被人称为“阮步兵”，所以人们称张翰为“江东步兵”。张翰上任后，看出司马冏倒行逆施，担心以后会被其牵连，因此总想着要尽早脱身。一次，他看到秋风徐来，想念起家乡的名菜，并感叹人生在世，追求功名利禄不如随心所欲。于是，他当即回到了故乡，远离官场。

果然，司马冏掌权没多久，就变得骄纵专横，后来被长沙王司马乂（yì）击败并斩首。司马冏的两千多名党羽都被处决且夷灭三族，非常惨烈。张翰由于提前离开，未被殃及。时人纷纷赞叹张翰具有先见之明，能够看清形势，趋吉避凶。

秋风四起，想念家乡的菰菜羹和鲈鱼脍了。
名利与我如浮云。我要顺心如意过一生。
张翰
加油加油！赶快回家舒舒服服地过日子！
齐王出事了！张公真是洞察先机，提前躲开了灾祸！
我的偶像是阮籍。其实我早就有隐居的想法了！

张季鹰辟[1]齐王东曹掾[2]，在洛，见秋风起，因思吴中菰菜羹、鲈鱼脍[3]，曰："人生贵得适意尔，何能羁宦[4]数千里以要[5]名爵！"遂命驾便归。俄而齐王败，时人皆谓为见机。

——《世说新语·识鉴第七》

小词典

①辟：征召当官。

②东曹掾：东曹的属官。

③鲈鱼脍：将鲈鱼切片生食的一道菜，与前文提到的菰菜羹同属吴地名菜。

④羁宦：指在异乡做官。

⑤要：求。

学成语

莼羹鲈脍

释义

原指家乡的莼菜羹、鲈鱼脍等名菜，现在多用来比喻思乡之情。

用法

常做宾语、定语。示例：生活在这个时代真是幸福啊，就算是离家千里，想吃到家乡的莼羹鲈脍也不难。

知识拓展

八王之乱

“八王之乱”是中国历史上最混乱、最黑暗的时期之一。这场变乱持续了整整 16 年。变乱的起因，是晋惠帝司马衷继承帝位后，皇后贾南风勾结汝南王司马亮和楚王司马玮，诛杀了执掌朝政的外戚杨骏，不久又找借口除掉司马亮和司马玮二人，把持大权。

掌权后的贾南风肆意妄为，在赵王司马伦的撺掇下，又杀掉太子司马遹（yù）。赵王司马伦随后将贾南风一党诛灭，自己掌握了朝廷大权。其他藩王如齐王司马冏、长沙王司马乂、成都王司马颖、河间王司马颙、东海王司马越等也群起作乱，争夺权力，互相攻击。朝廷掌权者频繁更替，严重破坏了社会经济，百姓生活悲惨，埋下了西晋覆灭的种子。

名人趣谈

张翰趣事

张翰有很多趣事，彰显了洒脱、随意的个性。有一次，张翰听到了一阵清越的琴声，循着声音找去，发现弹琴的是会稽名士贺循。两人一见如故，愉快地交谈起来。当贺循告诉张翰他计划去洛阳时，张翰想也不想，便决定和贺循一起前往。他说走就走，谁也没有告诉。唐代大诗人李白仰慕张翰的洒脱，在《行路难》组诗中写道：“君不见吴中张翰称达生，秋风忽忆江东行。且乐生前一杯酒，何须身后千载名？”

肝肠寸断的故事

主角 **桓温**

品读 一代枭雄、温情

桓温率水军进入四川，到达三峡时，随行的队伍中有位部将捕捉到一只小猿猴。

母猿沿着岸边不断哀号追赶，追着桓温的船走了一百多里仍不离开，最后跳到了船上，当场气绝。士兵们剖开那母猿的肚子一看，肠子都断裂成一寸一寸的了。

桓温听闻后大怒，下令罢免了那位捕捉小猿猴的部将。

桓温是东晋时期著名的政治家和军事家，作为一代枭雄，他也有温情的一面。

桓温具有非凡的军事才能，他在出任荆州刺史之后，计划率军攻打当时占据巴蜀、位于长江上游的成汉政权。当时东晋的势力在长江中下游一带，上游的蜀地易守难攻，因此朝廷里绝大多数大臣都认为桓温的军事行动太过冒险。可桓温不这么想，他大权在握，不顾别人的反对，也不等朝廷的回复便率领军队出发。第二年三月，大军攻克了蜀地，成功灭掉了成汉政权。

“肝肠寸断”这个传说，便发生在本次西征途中。桓温如此震怒也是有原因的。桓温年轻时便以孝闻名。十八岁时，他为父报仇，手刃了仇人之子，如今他目睹母猿的悲惨遭遇，心生痛惜怜悯之意，也在情理之中。

桓温性情豪迈，临终前因长子桓熙才能一般，便将兵权都交给幼弟桓冲执掌，将南郡公的爵位传给幼子桓玄。令人唏嘘的是，桓温死后，长子桓熙不服，居然联合弟弟桓济、叔父桓秘一起谋杀桓冲，事情败露后，三人都被流放到了长沙。

这个小猿猴真有趣，捉到船上玩一玩！
母猿因失去孩子伤心而死，可怜啊！
拉下去重罚！
桓温

huán gōng rù shǔ zhì
桓公①入蜀②，至
sān xiá zhōng bù wǔ zhōng yǒu dé yuán
三峡中，部伍中有得猿
zǐ zhě qí mǔ yuán àn āi háo
子者。其母缘岸哀号，
xíng bǎi yú lǐ bú qù suì tiào shàng
行百余里不去，遂跳上
chuán zhì biàn jí jué pò shì qí
船，至便即绝③。破视其
fù zhōng cháng jiē cùn cùn duàn gōng
腹中，肠皆寸寸断。公
wén zhī nù mìng chù qí rén
闻之怒，命黜④其人。

——《世说新语·黜免第二十八》

小词典

①桓公：指东晋大将军桓温，字元子，东晋时期政治家、军事家、书法家。
②蜀：四川地区。桓温此行前去攻打巴蜀的成汉政权。
③绝：气绝、死亡。
④黜：降低、罢免官职。

学成语

肝肠寸断

释义

肝和肠都断成了一寸一寸的。比喻悲痛到了极点。

用法

示例：得知父亲病重后，她悲痛欲绝、肝肠寸断。

名人趣谈

桓温伐蜀

桓温伐蜀发生于 347 年，当时占据蜀中的成汉国力衰弱，内部纷争不断，桓温趁机进攻蜀汉，并取得成功，成汉政权也就此结束。桓温伐蜀的胜利，标志着东晋在南方的统治地位得到了进一步巩固，也为后来南北朝时期的政治、军事格局奠定了基础。伐蜀的过程并不容易，除了遭遇成汉军队的顽强抵抗外，桓温军队内部也曾发生波折和矛盾。无论如何，战役最终取得了胜利。这场成功的战役让桓温在政治和军事领域上声名鹊起，成为一位备受赞誉的将领和政治家。

知识拓展

三峡猿鸣

古人早就观察到三峡附近有猿。早在战国时期，诗人屈原就在《九歌·山鬼》中写道：“雷填填兮雨冥冥，猿啾啾兮狖（yòu）夜鸣。”唐代李白曾乘船顺长江而下江陵，写下名诗《早发白帝城》，其中写道：“两岸猿声啼不住，轻舟已过万重山。”唐代薛涛写道：“乱猿啼处访高唐，路入烟霞草木香。”唐代刘沧写道：“婵娟似恨襄王梦，猿叫断岩秋藓稀。”到了清代，三峡的猿声已不多见，清代文人赵熙写的《过夔（kuí）州》：“如今两岸猿声少，不尽春愁落夜郎。”感叹物是人非，连三峡的猿声都已经稀少。

忘形之交 惺惺相惜

主角 王羲之

品读 傲气自负、不拘礼节

王羲之出任会稽内史，刚到任的时候，支道林也在那里。孙绰对王羲之说：“支道林的想法标新立异，他常有十分精妙的见解，你想见见他吗？”王羲之认为自己超凡脱俗，因此一向看不起支道林。

后来孙绰和支道林一同乘车来到王羲之的府邸，王羲之有意回避，不想跟支道林交谈。支道林待了一会儿就告辞了。当时正好遇上王羲之外出，车马已经在门外等候，支道林拦住王羲之说：“请您先不要出门，我想与您简单讲几句话。”于是二人在一起谈论《庄子·逍遥游》。支道林洋洋数千言。他的才思、辞藻新奇无比，仿佛繁花灿烂，熠熠生辉。王羲之听得十分畅快，他情不自禁地解开衣带、敞开衣襟，久久不舍离开。

出身琅邪王氏的王羲之，见多识广，文采出众。当时的名僧支遁，字道林，才华闻名于世，最初却在王羲之那里碰了一鼻子灰。王羲之虽然早已听闻了支道林的名气，但是在他心目中，支道林只不过是精通佛理的俗人，对文学和玄理的理解不见得有过人之处。好在王羲之脾气十分率直，他一旦发现自己的看法错了，就会迅速改正。

王羲之的好朋友孙绰对支道林极为推崇，几次有意将支道林介绍给王羲之，骄傲的王羲之却找各种借口推脱。聪明的支道林并不计较这些，他找了个机会和王羲之攀谈了起来。二人聊的是《庄子·逍遥游》。一开始王羲之或许并不耐烦，但随着话题深入，支道林抛出的很多观点都新颖独特，给人启发。王羲之听得入了迷，索性解开衣带、敞开衣襟，不舍离开。从此，二人成了惺惺相惜的好朋友。

后来，支道林又将自己给《庄子·逍遥游》做的注解拿给王羲之看。只见注解中观点新奇，惊世骇俗。王羲之对支道林的学识越来越佩服，他索性邀请支道林搬到离他家更近的灵嘉寺，以便自己随时前去拜访。

我对俗人没兴趣，对这个支道林也是如此。
孙绰
王羲之
既然王公没兴趣，我就先走吧。
支道林
您还没走啊，那就简单聊几句吧。
宅王
您真是才气逼人啊，我不走了，咱们再聊会儿！

故事有出处

王逸少①作会稽，初至，支道林在焉。孙兴公②谓王曰：“支道林拔新领异③，胸怀所及乃自佳，卿欲见不？”王本自有一往隽气④，殊自轻之。后孙与支共载往王许，王都⑤领域⑥，不与交言。须臾支退。后正值王当行，车已在门，支语王曰：“君未可去，贫道与君小语。”因论《庄子·逍遥游》。支作数千言，才藻新奇，花烂映发。王遂披襟解带，留连不能已。

——《世说新语·文学第四》

小词典

①王逸少：王羲之，字逸少。

②孙兴公：即孙绰，字兴公，王羲之的朋友。

③拔新领异：独自提出新意，引领不同见解。

④隽气：指超凡脱俗、不同凡响的气概。

⑤都：总。

⑥领域：指自设领域，保持距离。

学成语

披襟解带

释义

本意是敞开衣襟，解开衣带。后常用来比喻敞开胸怀，坦诚相待。

用法

示例：陈明和李浩终于解开了心结，两人又披襟解带、畅所欲言了。

知识拓展

《庄子·逍遥游》

《庄子·逍遥游》是战国时期著名哲学家、文学家庄周的代表作。文章以大鹏与蜩（tiáo）、学鸠等小动物之间的对比为例，阐释了“小”和“大”之间的差异，描述了超越物我之间界限的逍遥境界。

名人趣谈

率真的王羲之

王羲之不只对支道林如此言行直率，平时生活中也毫不掩饰自己的想法。古代文人讲究含蓄，但王羲之经常直言不讳。他留下了大量手札，内容主要记录日常琐事和感想，对亲友的关心也被直截了当地表现在纸上。比如，他在姨母去世的时候写道：“哀痛摧剥，情不自胜。奈何！奈何！”为了小儿子王献之的婚事，王羲之直接写信向郗家询问，在流传后世的《与郗家论婚书》中，王羲之直言郗昙的女儿郗道茂“淑质直亮”，与王献之“少有清誉”相得益彰，催促二人的婚事“可否之言，进退惟命”。在《中郎女帖》中又追问：“中郎女颇有所向不？今时婚对，自不可复得……”希望对方不要错过成亲的好时机。

风来浪去 从容面对

主角 **谢安**

品读 沉着冷静、镇定自若

谢安在东山隐居的时候，有一次与孙绰等人出海游玩，忽然海上起了风浪，波涛汹涌，孙绰和王羲之等人神色慌张，高喊着要返回。谢安却神色不变，兴致勃勃，并且吟诗长啸，完全不提回去。船夫看到谢安面色娴静，神态愉悦，便仍然向前行驶。

突然之间风势转强，浪更猛了，船上其他人更加坐不住，喧闹不安。谢安这才慢吞吞地说："这种情况下，咱们是不是该回去了？"众人立即附和，船夫终于驾船返回。

从这件事可看出谢安的气量风度，他完全能够震慑朝野、安定内外。

孙绰、王羲之等都是当时潇洒大气、见多识广的名士，可是面对风高浪急的情况，竟然全都举止失态，变了脸色。只有谢安神态自若，兴致不减。可见谢安有着常人没有的胆量和气度。

谢安这种“泰山崩于前而面色不改”的气度几乎贯穿他整个政治生涯。373 年，大司马桓温进京朝见即位不久的晋孝武帝司马曜，他带领军队驻扎在新亭。当时的桓温可以说是功高震主、权势滔天。他要求谢安和王坦之前去迎接自己。当时形势不明，很多人传说桓温一直都有自立为帝的野心，想借机除掉二人。王坦之惶恐不安，谢安却始终冷静、从容，与桓温笑谈良久，使桓温放弃刺杀，二人平安得返。

383 年，前秦皇帝苻坚率领大军南下，企图吞灭东晋，统一天下。当时前秦的兵力是东晋的十倍还多，谢安毫不慌乱，镇定自若地指派谢石、谢玄等将领率兵八万前去迎敌，在战前战后表现出了超凡脱俗的格局和气度，最后这场战争以东晋的全面胜利而告终。这就是史上有名的淝水之战，也是历史上以少胜多的典型战争。

今天适合出海游玩。
谢安
风高浪急，太可怕了，我们回去吧！
我看谢公神色安定，那就继续前进吧。
太好了，我早就想回了。
您也太淡定了吧！
这种情况下，咱们是不是该回去了？

故事有出处

xiè tài fù pán huán dōng shān shí yǔ
谢太傅①盘桓东山时，与
sūn xīng gōng zhū rén fàn hǎi xì fēng qǐ làng
孙兴公诸人泛海戏。风起浪
yǒng sūn wáng zhū rén sè bìng jù biàn
涌，孙、王诸人色并遽，便
chàng shǐ huán tài fù shén qíng fāng wàng
唱②使还。太傅神情方王③，
yín xiào bù yán zhōu rén yǐ gōng mào xián yì
吟啸不言。舟人以公貌闲意
yuè yóu qù bù zhǐ jì fēng zhuǎn jí
说④，犹去不止。既风转急，
làng měng zhū rén jiē xuān dòng bú zuò gōng xú
浪猛，诸人皆喧动不坐。公徐
yún rú cǐ jiāng wú guī zhòng rén
云："如此，将无归？"众人
jí chéng xiǎng ér huí yú shì shěn qí liàng
即承响而回。于是审其量，
zú yǐ zhèn ān cháo yě
足以镇安朝野。

——《世说新语·雅量第六》

小词典

①谢太傅：指谢安。后文出现的"孙兴公""孙、王诸人"指的是与谢安交情极好的孙绰（东晋大臣、文学家、书法家）、王羲之（东晋书法家、文学家）。
②唱：高呼。
③王：通假字，通"旺"，旺盛。
④说：通"悦"，高兴；愉快。

学成语

风起浪涌

释义

大风刮起，波浪汹涌。比喻声势浩大。

用法

示例：这起事件相关的舆论风起浪涌，社会关注度持续升温。

名人趣谈

善于隐藏情绪的谢安

谢安并不是无悲无喜，只不过他比较善于隐藏自己的情绪。淝水之战中双方的兵力相差悬殊，谢安虽做了全面详尽的部署，但敌人的优势还是很大，谢安不免担忧。当晋军胜利的捷报送到时，谢安正在与客人下棋。他看完战报，将其放在一边，若无其事地继续下棋。客人好奇地询问，谢安神色不变地说："孩子们已经打败敌人了。"当时，谢安内心其实很激动。等到客人告辞离开后，谢安终于抑制不住内心的喜悦，他快步冲进内室，慌忙中甚至踩断了木鞋的屐齿。

成就非凡的谢安

在《世说新语》中，谢安是出场次数最多的人，在"文学""雅量""赏誉""品藻"等章节中都有关于谢安的趣事，共计一百多条。谢安一生功勋卓著，在政治领域他成就非凡；在文学领域，他才学超群。谢安早年隐居在东山，经常与王羲之等文士一起外出游玩，回家后就进行文学创作，"言咏属文"。大将军桓温阅读了谢安所写文章后赞叹不已，评价道："这就是安石碎金。"安石是谢安的字，碎金比喻篇幅短小的美文。

大名士的最后风度

主角 **嵇康**

品读 千古绝唱、风度不凡

嵇康在东市即将受刑的时候，神色不变。他要来一把古琴，弹奏了一曲《广陵散》。弹奏完毕，他说：“我的朋友袁准曾经想要跟我学习这首曲子，但我拒绝了，不肯传授给他。可惜从今天之后，《广陵散》就要失传了。”

当时有三千太学生联名上书朝廷，请求拜嵇康为师，可是朝廷不允许。嵇康被杀后不久，司马昭就后悔了。

嵇康从小就聪明智慧，博览群书，尤其喜欢老庄学说。他早年迎娶曹操的曾孙女长乐亭主为妻，被授予中散大夫的职位，世称“嵇中散”。他和阮籍是“竹林七贤”的领袖，名满天下。可惜的是，嵇康得罪了掌握朝廷实权的司马昭，最终被害死。这是魏晋时期文学界、音乐界的一大憾事。

曹魏后期，司马昭任大将军，开始揽政专权，他谋朝篡位的心思已经到了路人皆知的地步。司马昭想笼络当时的名士，专门请嵇康出任幕府属官。嵇康对司马昭的行为不满，躲到河东郡拒绝征召。司马昭派官员钟会前去拜访，也遭到嵇康的冷落。

嵇康的好友山涛卸任吏部尚书时，举荐嵇康代替自己。嵇康厌恶这种行为，专门写了《与山巨源绝交书》，坚决表明态度，拒绝给司马昭当官。因为这些事情，司马昭对嵇康十分恼怒，非常忌恨他。后来，钟会找了一个借口向司马昭进谗言，陷害嵇康，司马昭不分青红皂白，盛怒之下命令处死嵇康。

行刑之前，三千太学生联名上书，请求拜嵇康为师，让他传授名曲《广陵散》，以求借此机会救他，但没有成功。嵇康被处决后，司马昭很快就后悔了。嵇康到死都没有向权贵妥协和屈服，这种面对生死从容不迫、镇定自若的优雅姿态和精神气度，可谓是真正的魏晋名士之风。

嵇康
让我先弹奏一曲，再受刑吧。
可惜我没教袁准，以后《广陵散》要失传了，可悲可叹！
别吵了，晋王命令已下，不会更改！
太学生
唉，我们多希望有这样的老师啊！
司马昭
回头想，杀嵇康确实可惜！

故事有出处

jī zhōng sǎn lín xíng dōng
嵇中散临刑东

shì shén sè bú biàn suǒ qín tán
市，神色不变，索琴弹

zhī zòu guǎng líng sǎn qǔ
之，奏《广陵散》。曲

zhōng yuē yuán xiào ní cháng
终，曰：“袁孝尼①尝

qǐng xué cǐ sàn wú jìn gù bù
请学此散，吾靳固②不

yǔ guǎng líng sǎn yú jīn jué
与，《广陵散》于今绝

yǐ tài xué shēng sān qiān rén
矣！”太学生③三千人

shàng shū qǐng yǐ wéi shī bù
上书，请以为师，不

xǔ wén wáng yì xún huǐ yān
许。文王④亦寻悔焉。

——《世说新语·雅量第六》

小词典

①袁孝尼：袁准，字孝尼，嵇康之好友。其为人正直忠诚，淡泊名利。
②靳固：吝惜，舍不得。
③太学生：太学是我国古代的最高学府，其中的学生称为太学生。
④文王：指晋文王司马昭。

学成语

广陵散绝

释义

晋代嵇康死后，《广陵散》曲子就失传了。常用来比喻某种技艺或传统后继无人。

用法

示例：很多古代的民间绝技失传了，可谓是广陵散绝。

知识拓展

《广陵散》的来源

从名称来看，《广陵散》是流传在广陵（今江苏扬州）的琴曲。经后人考证，《广陵散》又名《聂政刺韩王曲》。根据东汉文学家蔡邕《琴操》记载，此曲取材于我国历史上一个悲壮的故事。战国时期，聂政的父亲为韩王铸剑，因为没有在规定时间内完成，被韩王所杀。聂政立志为父报仇。他潜入宫中试图刺杀韩王，失败后逃入深山，潜心学习了绝妙的琴艺。后来，聂政为了掩盖身份，毁掉自己的容貌，吞炭改变自己的声音，然后他特意到城楼下展示自己高超的琴艺，以此引起众人的注意。韩王听说这件事，征召聂政进宫弹琴。聂政弹琴的时候，找准机会突然从琴内拔出匕首，刺杀了韩王，随即自杀。后来人们为了纪念聂政，创作了此曲。

名人趣谈

嵇康的音乐成就

嵇康在音乐领域的成就很高，他不只是演奏家，还擅长创作。嵇康所作古琴曲《风入松》和嵇氏四弄（《长清》《短清》《长侧》《短侧》）流传后世。他撰写的《声无哀乐论》《琴赋》是古代音乐史上重要的音乐理论著作，也是音乐实践方面的总结文章，实用价值很高。

雪中仙人
超凡脱俗

主角 王濛

品读 超凡脱俗、气度不凡

王濛担任中书郎一职的时候，有一次去找王洽。那时路上有积雪，王濛从门外下车，踏着雪走进尚书省衙门，身上穿着官服。

王洽远远望见这一幕，赞叹说：“这完全不像是凡尘俗世中的人物啊！”

魏晋时期，人们为人处世十分注重个性的展现，出众的仪容气质会获得大家的赞美和推崇。王濛就是这方面的代表人物。

王濛，字仲祖，是东晋著名的清谈人物。王濛是一位官家子弟，因为家族门第高而有了当官的机会。他年轻的时候放荡不羁，不怎么听父母的话。后来他变得自律，加上他天资聪明，又擅长交际，因此逐渐获得人们赏识。

王濛曾被任命为司徒王导的属官，但他觉得这个工作太危险了，因为如果犯了错误，就会受到杖刑，所以他死活不肯上任。后来，即使朝廷下令停止杖刑处罚，他仍不愿意去做这个工作。最后，朝廷把他提升为中书郎。王濛就是在担任中书郎期间，有一次他去拜访王洽，上演了踏雪而来、超凡脱俗的一幕。

王濛是一位很厉害的人，他有很多才能，说话总是简单明了，能够抓住要点。他不仅清谈能力出色，还特别擅长书法，作画水平也很高，后世称他的画为“丹青甚妙，颇希高远”。

王濛长得帅，还很自恋，据说他每次照镜子的时候，都对镜中的自己大声说：“王文开（王濛父亲王讷的字）怎么能生出我这样优秀的儿子啊！”

英俊的王濛生出的后代也容貌不凡。他的女儿王穆之嫁给了晋哀帝司马丕，孙女王法慧则嫁给了晋孝武帝司马曜。

这么英姿飒爽，不像是俗世中人啊！
王濛
王洽

父亲怎么生出我这么优秀的儿子啊！

王长史①为中书郎，往敬和②许③。尔时积雪，长史从门外下车，步入尚书④，著⑤公服。敬和遥望叹曰："此不复似世中人！"

——《世说新语·容止第十四》

小词典

①王长史：即王濛，字仲祖，东晋名士、外戚大臣。

②敬和：指王洽，字敬和，丞相王导的儿子。

③许：处所，地方。

④尚书：指尚书省办公的地方。

⑤著：穿着。

学成语

出世超凡

释义

超越了平凡的尘世。旧时指凡人成仙脱离世俗生活。

用法

示例：舞台上的她穿着素雅，有一股出世超凡的气质。

名人趣谈

王濛识人

王濛在东晋有风雅潇洒的名士之誉，他不仅风采卓绝，还很擅于识人。谢安年少的时候，曾经去拜访王濛，跟王濛谈了很长时间。谢安离开后，王濛对儿子说："这位客人勤勉不倦，日后定会脱颖而出。"后来，谢安果然成为著名的政治家。戴逵十多岁的时候曾在瓦官寺作画，王濛看画之后十分惊叹，对他大加赞赏："这个孩子不是一般人，将来必定名满天下，他的画很不寻常，可惜我年纪大了，看不到他巅峰时期的实力了。"后来，戴逵果然成为东晋著名的书画大家。

书法世家

王洽出身的琅邪王氏，堪称书法世家。王洽博采众长，熟悉各种书体，尤其擅长隶书和行书。他的堂兄是书圣王羲之，两人曾经一起研究书体，把章草改为今草，形体韵媚婉转，在当时极为流行。王羲之曾说："弟弟王洽的书法不比我差！"王羲之的七个儿子王玄之、王凝之、王焕之、王肃之、王徽之、王操之、王献之都擅长书法。甚至连王家的女儿和媳妇也巾帼不让须眉。王洽的妻子荀氏，史称"亦善书"，是当时屈指可数的女书法家。王羲之的妻子郗璿被称为"女中笔仙"。

壮志未酬，扶柳叹息

主角 桓温

品读 壮志难酬、真情流露

桓温北伐前燕的时候，途经金城，他看见自己从前担任琅邪内史时所种的柳树，已经长到十围那么粗，于是感慨地叹息道："树木尚且如此，人又怎么经受得起岁月变迁呢！"

他攀着树枝，抓住柳条，潸（shān）然泪下。

桓温成长在动荡的时代，北方有多个政权割据，中原战乱频繁。西晋灭亡后，东晋王朝只能偏安东南，有识之士一直期望恢复中原，桓温就是其中的代表。

桓温是东晋时期著名的政治家和军事家。他战功赫赫，独揽朝政多年，一生致力于北伐，想收复北方失地。史书记载，咸康元年（335 年），桓温出任琅邪内史。这一年，他二十三岁，雄心勃勃。他在琅邪郡的治所金城栽下柳树，并立志要为东晋朝廷收复整个北方，完成全国统一。

桓温一生共北伐了三次。在最后一次，桓温率大军伐前燕，经过金城，路过自己昔日任职的府衙，目睹年轻时候种下的细柳已经变成参天大树，而自己也从踌躇满志的青年变成了白发皓眉的老叟，由此十分伤感，不觉潸然泪下。他想到自己虽已功成名就，但年轻时的梦想依然没有实现，于是禁不住喟叹时光匆匆，转眼间沧海桑田，且世事无常，自己往往身不由己。

桓温最终还是没能完成统一北方的理想，他发动的北伐最终并没有成功。临死之前，他想仿照魏王曹操，让晋帝为他加九锡（天子赐给诸侯、大臣有特殊功勋者的九种器物，是一种最高礼遇），但是被谢安一直借故拖延，直到桓温病死，这个愿望也没有实现。

桓温
年轻时种下的柳树，已经这么粗壮了。
树木尚且有如此大的变化，人怎么经受得起岁月变迁呢！
我已经有了白发，却还没有实现北伐的理想，可叹啊！

故事有出处

huán gōng　běi zhēng　jīng jīn
桓公①北征，经金

chéng　jiàn qián wéi láng yá shí zhòng
城②，见前为琅邪时种

liǔ　jiē yǐ shí wéi　kǎi rán
柳，皆已十围③，慨然

yuē　mù yóu rú cǐ　rén hé
曰："木犹如此，人何

yǐ kān　pān zhī zhí tiáo　xuàn
以堪！"攀枝执条，泫

rán　liú lèi
然④流泪。

——《世说新语·言语第二》

小词典

①桓公：指东晋权臣桓温。东晋太和四年（369 年），桓温任大将军，率军伐燕。

②金城：地名，是东晋琅邪郡的政治中心。

③围：古人计量圆周的长度单位。将两手的拇指和食指合拢一周的长度为一围。

④泫然：形容潸然泪下的样子。

学成语

人何以堪

释义

意思是人怎么能够忍受呢？一般用来感叹眼前事物或感情发生的巨大变化。

用法

示例：飓风来临，参天大树都被连根拔起，人何以堪啊！

知识拓展

古代的柳树与边塞

柳树是一种常见的树木，对地理环境的适应能力较强，不仅能在江南水乡生长，还可以在塞北大漠存活。在中国古代文学作品中，柳树常常作为边塞的文化符号。这是因为，在边塞种植柳树具有很高的边防价值。

在古代的西北地区，游牧民族经常骑马长驱直入，扰乱边关，如果依靠修建长城进行防御，必然工程浩大、劳民伤财，且受制于地理因素，有的地方不适合修筑长城。而种植树木，可以形成一道自然屏障，避免 马平川，可阻挡胡人的骑兵快速南下。明代水利学家徐贞明曾说：“今西北之地，平原千里，寇骑得以长驱，若使沟法尽举，则田野之间皆金汤之险，而田间植以榆柳枣栗，既资民用，又可以设伏而避敌。”

正因为如此，古代边关经常大规模种植柳树。相传汉武帝时期，音乐家李延年根据胡曲作成了乐府名曲《折杨柳》。在唐代的一些边塞诗中，也常常有柳树的意象出现，比如李约《从军行》：“营柳和烟暮，关榆带雪春。”李益《临滹沱见蕃使列名》：“漠南春色到滹沱（hū tuó），碧柳青青塞马多。”王之涣《凉州词》有名句：“羌笛何须怨杨柳，春风不度玉门关。”大诗人李白夜晚听到《折杨柳》的曲子，生出思乡之情，写出《春夜洛城闻笛》的名句：“此夜曲中闻折柳，何人不起故园情。”

气度不凡，代代相传

主角 嵇康 嵇绍

品读 英俊潇洒、风采不凡

有人对王戎说：“嵇绍这个人气度不凡，卓尔不群，站在人群当中就像野鹤站在鸡群中一样。”

王戎回答说：“那是因为您没见过他的父亲嵇康罢了！”

魏晋时期，有一对德貌双全的父子非常有名，他们就是嵇康、嵇绍父子。名士王戎是嵇康的朋友，后来又与嵇绍同朝为官。王戎以善于品评著称，他认为嵇康的才华和风度比嵇绍更胜一筹。

嵇康是“竹林七贤”之一，身高七尺八寸（约188厘米），容貌和举止都超出众人。据说他曾在大山中采药，有砍柴的樵夫遇到他，误以为仪表不俗的嵇康是神仙下凡。嵇绍是嵇康的儿子，他强健英挺，相貌不凡，人们无不赞美他的仪容。嵇绍的出众，可谓是继承了父亲的优秀基因。然而，父子俩的志趣却并不相同。嵇康向往古代隐者的生活，不愿意做官，甚至为此得罪了司马昭。嵇绍在东晋做官，为人正直，不畏权贵，对朝廷十分忠诚。

石崇为官骄横残暴，嵇绍用道义劝说他；外戚贾谧曾受皇帝宠幸，年纪轻轻身居高位，很多人都依附他，嵇绍却与他保持距离；齐王司马冏辅政时，骄纵奢侈，嵇绍为此专门上书劝谏；司马冏曾经当众让嵇绍奏琴，嵇绍以穿着正式的朝服为由婉拒。后来，晋惠帝即将出战平乱，嵇绍随行。有人劝嵇绍提前谋划退路，对他说：“这一去安危难以预料，你带有好马吗？”嵇绍大义凛然地回答：“作为臣子，理应护卫皇帝的御车，生死都要忠于职守，我自己要好马干什么？”惠帝战败，身中三箭，身边的将领和侍卫跑了大半，嵇绍始终对惠帝不离不弃，最终为了保护惠帝被乱箭射死，鲜血溅到了惠帝的皇袍上。事后，随从要为惠帝清洗袍服，惠帝说：“这上面有嵇侍中的血，不能洗。”由此可见嵇绍的忠诚。

嵇康
嵇绍
这么英姿飒爽，是神仙下凡了吗？
这么气质超群的人，还从来没见过啊！
我今天见到嵇绍，简直是鹤立鸡群！
你要是见过他父亲嵇康，不知道会怎么感叹呢！
王戎

故事有出处

yǒu rén yù wáng róng yuē
有人语王戎曰：
jī yán zǔ zhuó zhuó rú yě
“嵇延祖①卓卓如野
hè zhī zài jī qún dá yuē
鹤之在鸡群。”答曰：
jūn wèi jiàn qí fù ěr
“君未见其父②耳！”

——《世说新语·容止第十四》

小词典

①嵇延祖：嵇绍，字延祖，西晋名臣、著名文学家。

②其父：指嵇绍的父亲嵇康。嵇康，字叔夜，三国时期曹魏著名思想家、音乐家、文学家。王戎与嵇康是好友。

学成语

鹤立鸡群

释义

鹤站立在鸡群之中十分显眼。比喻仪表才能在人群中显得十分突出。

用法

褒义词。示例：他的综合实力在这个团队里出类拔萃，如鹤立鸡群。

名人趣谈

嵇绍不孤

嵇康不接受山涛的举荐做官，但二人仍然是好友。嵇康临终前将儿子嵇绍托付给山涛，并安抚年幼的嵇绍说：“只要有山涛在，你就不是孤儿。”当时山涛做吏部尚书，他将嵇绍养在身边，悉心栽培。等嵇绍成年后，山涛将他推荐给晋武帝，请求让嵇绍担任秘书郎，并引用《康诰》里的话说：“父子罪不相及。”意思是父辈的罪过不要连累到儿子。晋武帝十分信任山涛，也很欣赏嵇绍，于是说：“以他的才能可以胜任秘书丞，何必为秘书郎呢。”于是颁旨让嵇绍当了秘书丞。

知识拓展

后人对嵇绍的追思

按照古代的孝道礼节，人们只为父母守孝三年，当年孔子的学生因为“尊师为父”，所以相约为孔子守孝三年。嵇绍为救晋惠帝而死，他的亲属、门生和部下十分怀念他，也按照丧礼居守在墓旁，共有三十多人守满了三年。由此可见，嵇绍的品行在当时获得了极高的认可。唐代著名诗人杜甫在诗中赞扬嵇绍的忠烈，“敢料安危体，犹多老大臣？岂无嵇绍血，沾洒属车尘？”宋代爱国诗人文天祥也作诗道：“在秦张良椎，在汉苏武节。为严将军头，为嵇侍中血。”他们都对嵇绍有极高的赞誉。